U0055729

談龍集

經典新版

周作人作品精選 8

周作人——著

總序

文學星座中，璀璨不亞於魯迅的周作人

朱墨菲

每個時代都會有特別具有代表性、令人們特別懷想的人物，在新文學領域，周作人無疑就是其中一個。身為大文豪魯迅之弟，兩兄弟在文壇可說是各領風騷，各自綻放著不同的光芒。

作為五四新文化運動的一員，周作人在中國文學上的影響力絕對具有舉足輕重的地位，時值新舊文化交替之際，面對西方思潮的來襲，多數讀書人或抱殘守缺，或媚外崇洋，在劇烈的文化衝擊中，許多受過西方教育的學子如胡適、錢玄同、蔡元培、林語堂等，紛紛投入這股新文化浪潮中。

周作人脫穎而出，被譽為是「五四」以降最負盛名的散文及文學翻譯家，他以「對性靈的表達乃為言志」的理念，創造了獨樹一格的寫作風格，充滿靈性，看似平凡卻處處透著玄妙的人生韻味，清新的文風立即風靡一時，更迅速形成一大流派「言志派」，在中國文學史上留下了不可抹滅的一筆。郁達夫曾說：「中國現代散文的成績，以魯迅、周作人兩人的為最豐富最偉大，我平時的偏嗜，亦以此二人的散文為最所溺愛。一經開選，如竊賊入了阿拉伯的寶庫，東張西望，簡直迷了我取去的判斷。」陳之藩是散文大師，他特地強調胡適晚年不止一次跟他說：「到現在值得一看的，只有周作人的東西了。」可見周作人散文之優美意境。

處在動盪年代的周作人，亦可說是時代的見證人，年少時赴日求學，精通日語，讓他對日本文化有深刻的觀察，而後又親身經歷了中國近代史上諸多重要歷史事件，如鑑湖女俠秋瑾、徐錫麟等的革命活動、辛亥革命、張勳復辟等，他一生的形跡記錄即是重要史料，從他的《知堂回想錄》書中即可探知一二。而他晚年撰寫的《魯迅的故家》、《魯迅的青年時代》等回憶文章，更為研究魯迅的讀者提供了許多寶貴的第一手資料。

對世人來說，周作人也許不是個討喜的人，因為他從來都不是隨俗附和的人，他只說自己想說的話，一生奉行的就是孔子所強調的「知之為知之，不知為不知，是知也」的理念，這使他的文章中充滿了濃濃的自由主義，並形成他日後以「人的文學」為概念，跳脫傳統窠臼，更自號「知堂」之故。在《知堂回想錄》的後序中，周作人自陳：「我是一個庸人，就是極普通的中國人，並不是什麼文人學士，只因偶然的關係，活得長了，見聞也就多了些，譬如一個旅人，走了許多路程，經歷可以談談，有人說『講你的故事罷』，也就講些，也都是平凡的事情和道理。」

也許，在諸多文豪的光環下，在世人傳說的紛擾下，他的文學地位一度有明珠蒙塵之虞，本社因而在他去世五十年之際，特將他的文集重新整理出版，包括他最知名的回憶錄《知堂回想錄》以及散文集《自己的園地》、《雨天的書》、《談龍集》、《談虎集》、《看雲集》、《苦茶隨筆》等，使讀者從他的著作中可以更加了解一代文學巨匠的內心世界，品味他的文字之美。

談龍集

目錄——

第一卷　域外初夜

第二卷　夜神情詩

談龍集

目錄

第三卷 戀曲哀歌

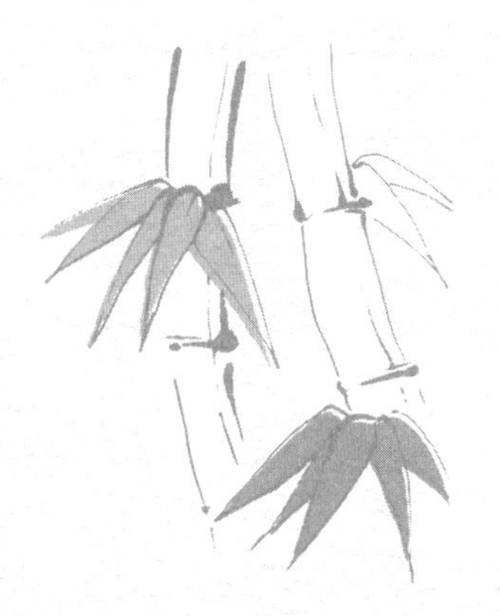

序

近幾年來所寫的小文字，已經輯集的有《自己的園地》等三冊一百二十篇，又《藝術與生活》裡二十篇，但此外散亂著的還有好些，今年暑假中發心來整理他一下，預備再編一本小冊子出來。等到收集好了之後一看，雖然都是些零星小品，篇數總有一百五六十，覺得不能收在一冊裡頭了，只得決心叫他們「分家」，將其中略略關涉文藝的四十四篇挑出，另編一集，叫作「談龍集」，其餘的一百十幾篇留下，還是稱作「談虎集」。

書名為什麼叫做「談虎」與「談龍」，這有什麼意思呢？這個理由是很簡單的。我們（嚴格地說應云我）喜談文藝，實際上也只是亂談一陣，有時候對於文藝本身還不曾明瞭，正如我們著《龍經》，畫水墨龍，若問龍是怎樣的一種東西，大家都沒有看見過。據說從前有一位葉公，很喜歡龍，弄得一屋子裡盡是雕龍畫龍，等得真龍下降，他反嚇得面如土色，至今留下做人家的話柄。我恐怕自己也就是這樣地可笑。

但是這一點我是明白的，我所談的壓根兒就是假龍，不過姑妄談之，並不想請他來下雨，或是得一塊的龍涎香。有人想知道真龍的請去找豢龍氏去，我這裡是找不到什麼東西的。我就只會講空話，現在又講到虛無飄渺的龍，那麼其空話之空自然更可想而知了。

《談虎集》裡所的是關於一切人事的評論。我本不是什麼御史或監察委員，既無官守，亦無言責，何必來此多嘴，自取煩惱，我只是喜歡講話，與喜歡亂談文藝相同，對於許多不相干的事情，隨便批評或注釋幾句，結果便是這一大堆的稿子。古人云，談虎色變，遇見過老虎的人聽到談虎固然害怕，就是沒有遇見過的，談到老虎也難免心驚，因為老虎實在是可怕的東西，原是不可輕易談得的。

我這些小文，大抵有點得罪人得罪社會，覺得好像是踏了老虎尾巴，私心不免惴惴，大有色變之慮，這是我所以集名「談虎」之由來，此外別無深意。

這一類的文字總數大約在二百篇以上，但是有一部分經我刪去了，小半是過了時的，大半是涉及個人的議論；我也曾想拿來另編一集，可以表表在「文壇」上的一點戰功，但隨即打消了這個念頭，因為我的紳士氣（我原是一個中庸主義者）到底還是頗深，覺得這樣做未免太自輕賤，所以決意模仿孔仲尼筆削的故事，而曾經廣告過的《真談虎集》於是也成為有目無書了。

《談龍》《談虎》兩集的封面畫都是借用古日本畫家光琳（**Korin**）的，在《光琳百圖》中恰好有兩張條幅，畫著一龍一虎，便拿來應用，省得托人另畫。——《真談虎集》的圖案本來早已想好，就借用後《甲寅》的那個木鐸裡黃毛大蟲。現在計畫雖已中止，這個巧妙的移用法總覺得很想的不錯，廢棄了也未免稍可惜，只好在這裡附記一下。

民國十六年十一月八日，周作人於北京苦雨齋。

第一卷　域外初夜

文藝批評雜話

一

中國現代之缺乏文藝批評，是一件無可諱言的事實。在日報月刊上儘管有許多批評似的文字，但是據我看來，都不能算是理想的文藝批評。我以為真的文藝批評，本身便應是一篇文藝，寫出著者對於某一作品的印象與鑒賞，決不是偏於理智的論斷。現在的批評的缺點大抵就在這一點上。

其一，批評的人以為批評這一個字就是吹求，至少也是含著負的意思，所以文章裡必要說些非難輕蔑的話，彷彿是不如此便不成其為批評似的。這些非難文所憑藉的無論是舊道德或新文化，但是看錯了批評的性質，當然不足取了。

其二，批評的人以為批評是下法律的判決，正如司法官一般；這個判決一下，作品的運命便註定了。在從前主義派別支配文藝界的時代，這樣的事確是有過，如約翰孫別林斯奇等便是這一流的賢吏。但在現代這種辦法已不通行，這些賢吏的少見那更不必說了。

這兩種批評的缺點，在於相信世間有一種超絕的客觀的真理，足為萬世之準則，而他們自己恰正瞭解遵守著這個真理，因此被賦裁判的權威，為他們的批評的根據，這不但是講「文以載道」或主張文學須為勞農而作者容易如此，固守一種學院的理論的批評家也都免不了這個弊病。

我們常聽見人拿了科學常識來反駁文藝上的鬼神等字樣，或者用數學方程來表示文章的結構，這些辦法或者都是不錯的，但用在文藝批評上總是太科學的了。科學的分析的文學原理，於我們想理解文學的人誠然也是必要，但決不是一切。因為研究要分析，鑒賞卻須綜合的。文學原理，有如技術家的工具，孟子說，「大匠與人以規矩，不能與人巧。」

我們可以應用學理看出文藝作品的方圓，至於其巧也就不能用規矩去測定他了。科學式的批評，因為固信永久不變的準則，容易流入偏執如上文所說，便是最好的成績，也是屬於學問範圍內的文藝研究，如文學理論考證史傳等，與文藝性質的文藝批評不同。陶淵明詩裡有兩句道：「奇文共欣賞，疑義相與析。」，所謂文藝批評便是奇文共欣賞，是趣味的綜合的事，疑義相與析，正是理智的分析的工作之一部分。

真的文藝批評應該是一篇文藝作品，裡邊所表現的與其說是物件的真相，無寧說是自己的反應。法國的法蘭西在他的批評集序上說：

「據我的意思，批評是一種小說，同哲學與歷史一樣，給那些有高明而好奇的心的人們去看的；一切小說，正當的說來，無一非自敘傳。好的批評家便是一個記述他的心靈在傑作間之冒險的人。

「客觀的批評，同客觀的藝術一樣的並不存在。那些自騙自的相信不曾把他們自己的人格混到著作裡去的人們，正是被那最謬誤的幻見所欺的受害者，事實是：我們決不能脫去我們自己。這是我們的最大不幸之一。倘若我們能夠一剎那間用了蒼蠅的多面的眼睛去觀察天地，或者用了猩猩的簡陋的頭腦去思索自然，那麼，我們當然可以做到了。但是這是絕對的不可能的。我們不能像古希臘的鐵勒西亞斯生為男人而有做過女人的記憶。我們被關閉在自己的人格裡，正如在永久的監獄裡一般。我們最好，在我看來，是從容的承認了這可怕的境況，而且自白我們只是說著自己，每當我們不能再守沉默的時候。「老實地，批評家應該對人們說，諸位，我現在將要說我自己，關於莎士比亞，關於拉辛，或巴斯加耳或歌德了。至少這個機會總是盡夠好了。」

這一節話我覺得說的極好，凡是作文藝批評的人都應該注意的。我們在批評文裡很誠實的表示自己的思想感情，正與在詩文上一樣，即使我們不能把他造成美妙的文藝作品，總之應當自覺不是在那裡下判決或指摘缺點。

二

我們憑了人間共通的情感，可以瞭解一切的藝術作品，但是因了後天養成的不同的趣味，就此生出差別，以至愛憎之見來。我們應當承認這是無可奈何的事，不過同時也應知道這只是我們自己主觀的迎拒，不能影響到作品的客觀的本質上去，因為他的絕對的真價，我們是不能估定的。

許多司法派的批評家硬想依了條文下一個確定的判決，便錯在相信有永久不易的條文可以作評定文藝好壞的標準，卻不知那些條文實在只是一時一地的趣味的項目，經過多數的附和，於是成為權威罷了。

這種趣味當初盡有絕大的價值，但一經固定，便如化石的美人只有冷而沉重的美，或者不如說只有冷與沉重迫壓一切強使屈服而已。現在大家都知道稱賞英國濟慈（Keats）的詩了，然而他在生前為「批評家」所痛罵，至於有人說他是被罵死的，這或是過甚之詞，但也足以想見攻擊的猛烈了。

我們看著現代的情形，想到濟慈被罵死的事件，覺得頗有不可思議的地方：為什麼現在的任何人都能賞識濟慈的詩，那時的堂堂《勃拉克烏特雜誌》（Blackwood's Magazine）的記者卻會如此淺陋，不特不能賞識而且還要痛罵呢，難道那時文藝批評家的見識真是連此刻的商人還不如麼？大約不是的罷。

這個緣故是，那時的趣味是十八世紀的，現在的卻是濟慈以後的十九世紀的了；至於一般批評家的程度未必便很相遠，不過各自固執著同時代的趣味，表面上有點不同罷了。現代的批評家笑著《勃拉克烏特》記者的無識，一面卻憑著文學之名，盡在那裡痛罵異趣味的新「濟慈」，這種事情是常有的。

我們在學校社會教育各方面無形中養成一種趣味，為一生言行的指標，原是沒有什麼稀奇，所可惜者這種趣味往往以「去年」為截止期，不肯容受「今天」的事物，而且又不承認這是近代一時的趣味，卻要當他作永久不變的正道，拿去判斷一切，於是濟慈事件在文藝史上不絕書了。

所以我們在要批評文藝作品的時候，一方面想定要誠實的表白自己的印象，要努力於自己表現，一方面更要明白自己的意見只是偶然的趣味的集合，決沒有什麼能夠壓服人的權威；批評只是自己要說話，不是要裁判別人：能夠在文藝批評裡具備了誠和謙這兩件事，那麼《勃拉克烏特》記者那樣的失策庶幾可以免去了罷。

以上的話，不過為我們常人自己知道平凡的人而說，至於真是超越的批評家當然又當別論了。我們常人的趣味大抵是「去年」的，至多也是「當日」（Up to date）的罷了，然而「精神的貴族」的詩人，他的思想感情可以說是多是「明天」的，因此這兩者之間常保有若干的距離，不易接觸。我們鑒於文藝史上的事件，學了乖巧，不肯用了去年的頭腦去呵斥明天的思想，只好直抒所感的表白一番，但是到了真是距離太遠的地方，也就不能再說什麼了，在這時候便不得不等真的批評家的出現，給我們以幫助。

他的批評的態度也總具著誠與謙這兩件，唯因為他也是「精神的貴族」，他的趣味也超越現代而遠及未來，所以能夠理解同樣深廣的精神，指示出來，造成新的趣味。有些詩人當時被人罵倒而日後能夠復活，或且成為偶像的，便都靠有這樣的真批評家把他從泥裡找尋出來。不過這是不可勉強的事，不是人人所做得到的。平凡的人想做這樣的真批評家，容易弄巧成拙，不免有棄美玉而寶燕石的失著，只要表現自己而批評，並沒有別的意思，那便也無妨礙，而且寫得好時也可以成為一篇美文，別有一種價值，別的創作也是如此，因為講到底批評原來也是創作之一種。

一九二三年二月

地方與文藝

中國人平常都抱地方主義，這是自明的事實。最近如浙江一師毒飯事件發生後，報上也載有死者的同鄉會特別要求什麼立碑建祠，正是一個好例。在現今這樣的時勢之下，再來提倡地方主義的文藝，未免心眼太狹了，決不是我的本意。我所要說的，只是很平凡的話，略說地方和文藝的關係罷了。

風土與住民有密切的關係，大家都是知道的，所以各國文學各有特色，就是一國之中也可以因了地域顯出一種不同的風格，譬如法國的南方普洛凡斯的文人作品，與北法蘭西便有不同，在中國這樣廣大的國土當然更是如此。

這本是不足為奇，而且也是很好的事。我們常說好的文學應是普遍的，但這普遍的只是一個最大的範圍，正如算學上的最大公倍數，在這範圍之內，盡能容極多的變化，決不是像那不可分的單獨數似的不能通融的。

這幾年來中國新興文藝漸見發達，各種創作也都有相當的成績，但我們覺得還有一點不足。為什麼呢？這便因為太抽象化了，執著普遍的一個要求，努力去寫出預定的概念，卻沒有真實地強烈地表現出自己的個性，其結果當然是一個單調。我們的希望即在於擺脫這些自加的鎖鈕，自由地發表那從土裡滋長出來的個性。

現在只就浙江來說罷，浙江的風土，與毗連省分不見得有什麼大差，在學問藝術的成績上也是彷彿，但是仔細看來卻自有一種特性。

近來三百年的文藝界裡可以看出有兩種潮流，雖然別處也有，總是以浙江為最明顯，我們姑且稱作飄逸與深刻。第一種如名士清談，莊諧雜出，或清麗，或幽玄，或奔放，不必定含妙理而自覺可喜。第二種如老吏斷獄，下筆辛辣，其特色不在詞華，在其著眼的洞徹與措語的犀利。

在明末時，這種情形很是顯露，雖然據古文家看來，這時候文風正是不振，但在我們覺得這在文學進化上卻是很重要的一個時期，因為那些文人多無意的向著現代語這方向進行，只是不幸被清代的古學潮流壓倒了。

浙江的文人略早一點如徐文長，隨後有王季重、張宗子都是做那飄逸一派的詩文的人物；王張的短文承了語錄的流，由學術轉到文藝裡去，要是不被間斷，可以造成近體散文的開始了。毛西河的批評正是深刻一派的代表。

清朝的西泠五布衣顯然是飄逸的一派，袁子才的聲名則更是全國的了，同他正相反的有章實齋，我們讀《婦學》很能明白他們兩方面的特點，近代的李蒓客與趙益甫的抗爭也正是同一的關係。俞曲園與章太炎雖然是師弟，不是對立的時人，但也足以代表這兩個不同的傾向。

我們不作文學史的嚴密的研究，只是隨便舉出一點事實以為一例。大抵不是什麼派的道學家或古文家，較少因襲的束縛，便能多少保全他的個性，他的著作裡自然地呈現出這些特色。道學家與古文家的規律能夠造出一種普遍的思想與文章，但是在普遍之內更沒有別的變化，所以便沒有藝術的價值了。

這一件事實在足以給我們一個教訓，因為現在的思想文藝界上也正有一種普遍的約束，一定的新的人生觀與文體，要是因襲下去，便將成為新道學與新古文的流派，於是思想和文藝的停滯就將起頭了。我們所希望的，便是擺脫了一切的束縛，任情地歌唱，無論人家文章怎樣的莊嚴，思想怎樣的樂觀，怎樣的講愛國報恩，但是我要做風流輕妙，或諷刺譴責的文字，也是我的自由，而且無論說的是隱逸或是反抗，只要是遺傳環境所融合而成的我的真的心搏，只要不是成見的執著主張派別等意見而有意造成的，也便都有發表的權利與價值。這樣的作品，自然的具有他應具的特性，便是國民性，地方性與個性，也即是他的生命。

我們不能主張浙江的文藝應該怎樣，但可以說他總應有一種獨具的性質。我們說到地方，並不以籍貫為原則，只是說風土的影響，推重那培養個性的土之力。尼采在《察拉圖斯忒拉》中說，「我懇願你們，我的兄弟們，忠於地。」我所說的也就是這「忠於地」的意思，因為無論如何說法，人總是「地之子」，不能離地而生活，所以忠於地可以說是人生的正當的道路。現在的人太喜歡凌空的生活，生活在美麗而空虛的理論裡，正如以前在道學古文裡一般，這是極可惜的，須得跳到地面上來，把土氣息泥滋味透過了他的脈搏，表現在文字上，這才是真實的思想與文藝。

這不限於描寫地方生活的「鄉土藝術」，一切的文藝都是如此，或者有人疑惑，我所說的近於傳統主義，便是中國人最喜歡說的國粹主義。我答他說，決不。我相信，所謂國粹可以分作兩部分，活的一部分混在我們的血脈裡，這是趣味的遺傳，自己無力定他的去留的，當然發表在我們一切的言行上，不必等人去保存他；死的一部分便是過去的道德習俗，不適宜於現在，沒有保存之必要，也再不能保存得住。

所以主張國粹只是說空話廢話，沒有一顧的價值。近來浙江也頗盡力於新文學，但是不免有點人云亦云的樣子，我希望以後能夠精進，跳出國粹鄉風這些成見以外，卻真實地發揮出他的特性來，造成新國民文學的一部分。

一九二三年三月二十二日。為杭州《之江日報》十周紀念作。

三個文學家的紀念

今年裡恰巧有三個偉大人物的誕生一百年紀念，因此引起了我的一點感想來。紀念——就是限定在文藝的國土內，也是常有的事，即如世間大吹大擂的但丁六百年紀念，便是其一。但是現在所說的三個人，並非文藝史上的過去的勢力，他們的思想現在還是有生命有意義，是現代人的悲哀而真摯的思想的源泉，所以更值得紀念。這三個人是法國的弗羅倍爾（Flaubert），俄國的陀思妥也夫斯奇（Dostojevski），法國的波特來耳（Baudelaire）。

弗羅倍爾的生日是十二月十二日，在三人中他最幼小，但在事業上卻是他最早了。他於一八五六年發表《波伐里夫人》，開自然主義的先路，那時陀思妥也夫斯奇還在西伯利亞做苦工，波特來耳的《惡之華》也正在草稿中呢。他勞作二十年，只成了五部小說，真將生命供獻於藝術，可以說是文藝女神的孤忠的祭司。人生雖短而藝術則長。他的性格，正如丹麥批評家勃蘭特思所說，是用兩種分子合成：

「對於愚蠢的火烈的憎恨，和對於藝術的無限的愛。這個憎恨，與凡有的憎恨一例，對於所憎恨者感到一種不可抗的牽引。各種形式的愚蠢，如愚行迷信自大不寬容，都磁力似的牽引他，感發他。他不得不一件件的把他們描寫出來。」

他不是厭世家，或虛無主義者，卻是一個愚蠢論者（Imbecilist），這是怎樣適切的一個社會批評家的名稱呵！他又夢想斯芬克思（Sphinx）與吉邁拉（Chimaira）——科學與詩——的擁抱，自己成了冷靜而敏感，愛真與美的「冷血的詩人」。這冷血的詩人兩個字，以前還未曾聯合在一處，在他才是初次；他不但不愧為莫泊桑之師，也正是以後與當來的詩人之師了。

陀思妥也夫斯奇生於俄曆十月三十日，即新曆的十一月十一日。他因為讀社會主義的書被判處死刑，減等發往西伯利亞苦工十年。饑寒，拷打，至發癲癇，又窮困以至於死，但是他不獨不絕望厭世，反因此而信念愈益堅定，造成他獨一的愛之福音。

文學上的人道主義的思想的極致，我們不得不推重陀思妥也夫斯奇，便是托爾斯泰也還得退讓一步。他所做的長短十幾篇的小說，幾乎無一不是驚心動魄之作。他的創作的動機正如武者小路所說，是「從想肯定人生的這寂寞與愛而生的。……陀思妥也夫斯奇的最後的希望，是從他想怎樣的不要把生而為人的事當作無意味的事情這一個努力而來的」。

安特來夫在《小人物的自白》中說：「我對於運命唯一的要求，便是我的苦難與死不要虛費了。」這也可以說是陀思妥也夫斯奇的要求。他在小說裡寫出許多「被侮辱與損害的人」；他們雖然被人踏在腳下成了一塊不乾淨的抹布，但「他那濕漉漉的摺疊中，隱藏著靈妙的感情」，正同爾我一樣。

他描寫下等墮落人的靈魂，表示其中還有光明與美存在。他寫出一個人物，無論如何墮落，如何無恥，但總能夠使讀者發起一種思想，覺得書中人物與我們同是一樣的人，使讀者看了歎道：「他是我的兄弟！」這是陀思妥也夫斯奇著作的精義，他留給我們的最大的教訓，是我們所應當感激紀念的。（這節裡多引用舊譯《陀思妥也夫斯奇之小說》的文句，全文見《藝術與生活》。）

波特來耳是四月九日生的。他十年中的著作，評論，翻譯以外，只有詩集《惡之華》一卷，《散文小詩》及《人工的樂園》各一卷。他的詩中充滿了病的美，正如貝類中的真珠。他是後來頹廢派文人的祖師，神經病學者隆勃羅梭所謂瘋狂的天才，托爾斯泰用了社會主義的眼光批評他說一點都不能瞭解的作家。他的染綠的頭髮與變態的性欲，我們只承認是一種傳說（Legend），雖然他確是死在精神病院裡。

我們所完全承認而且感到一種親近的，是他的「頹廢的」心情，與所以表現這心情的一點著作的美。「波特來耳愛重人生，慕美與幸福，不異傳奇派詩人，唯際幻滅時代，絕望之哀，愈益深切，而執著現世又特堅固，理想之幸福既不可致，復不欲遺世以求安息，故唯努力求生，欲於苦中得樂，於惡與醜中而得善美，求得新異之享樂，以激刺官能，聊保生存之意識。」

他的貌似的頹廢，實在只是猛烈的求生意志的表現，與東方式的泥醉的消遣生活絕不相同。所謂現代人的悲哀，便是這猛烈的求生意志與現在的不如意的生活的掙扎。這掙扎的表現可以為種種改造的主義，在文藝上可以為弗羅倍爾的藝術主義，陀思妥也夫斯奇的人道主義，也就可以為波特來耳的頹廢的

「惡魔主義」了。

我在上面略述這三個偉大人物的精神，雖然未免近於做「搭題」，但我相信，在中國現在蕭條的新文學界上，這三個人所代表的各派思想，實在是一服極有力的興奮劑，所以值得紀念而且提倡。新名目的舊傳奇（浪漫）主義，淺薄的慈善主義，正布滿於書報上，在日本西京的一個朋友說，留學生裡又已有了喝加非茶以代阿布散酒（Absinth）的自稱頹廢派了。各人願意提倡那一派，原是自由的事，但現在總覺得欠有切實的精神，不免是「舊酒瓶上的新招帖」。

我希望大家各因性之所好，先將寫實時代的自然主義人道主義，或頹廢派的代表人物與著作，略加研究，然後再定自己進行的方針。便是新傳奇主義，也是受過寫實的洗禮，經由頹廢派的心情而出的，所以對於這一面也應該注意，否則便容易變成舊傳奇主義了。我也知道這些話是僭越的，但因為這三個文學家的紀念的感觸，覺得不能不說了，所以聊且寫出以寬解自己的心。

一九二一年十一月十一日。

詩人席烈的百年忌

英國詩人席烈（Percy Bysshe Shelley）死在義大利的海裡，今年是整整的一百年了。他的抒情詩人的名譽早已隨著他的《西風之歌》和《與百靈》等名篇遍傳世界，在中國也有許多人知道，可以不必重述，現在只就他的社會思想方面略說幾句。

席烈生於一七九二年，在大學的時候，刊行一篇五頁的論文，題云「無神論之必要」，為當局所惡，受退學的處分，又和他妹子的一個女同學自由結婚，不見容於家庭。其後他們因為感情不合，又復離別，席烈便和哲學的無政府主義者戈德文（Godwin）的女兒瑪利結婚，寄寓義大利，做了許多詩曲；一八二二年七月八日，同友人泛舟，遇風沉沒，至十八日找到屍身，因衣袋中有希臘索福克勒思的悲劇和濟慈的詩集，證明是席烈，於是便在那裡火葬了。

席烈是英國十九世紀前半少數的革命詩人，與擺倫（Byron）並稱，但其間有這樣的一個差異：擺倫的革命是破壞的，目的在除去妨礙一己自由的實際的障害；席烈是建設的，在提示適合理性的想像的社會，因為他是戈德文的弟子，所以他詩中的社會思想多半便是戈德文的哲學的無政府主義。戈德文在《政治的正義之研究》裡主張極簡單的共同生活，在現在的術語分類，可以說是無政府的共產主義，但他主張性善，又信託理性與勸喻的力，所以竭力反對暴力，以無抵抗的感化為實現的手段。

席烈心中最大的熱情即在湔除人生的苦惡（據全集上席烈夫人序文），這實在是他全個心力之所灌注；他以政治的自由為造成人類幸福之直接的動原，所以每一個自由的新希望發生，常使他感到非常的欣悅，比個人的利益尤甚。但是他雖具這樣強烈的情熱，因其天性與學說的影響，並不直接去作政治的運動，卻把他的精力都注在文藝上面。

他的思想，在兩篇長詩裡說的很是明瞭，其一是《伊思拉謨的反抗》，記拉安與吉忒那二人的以身殉其主義。他們純用和平的勸喻使被治者起而逐去暴君，迨至反動復來，他們為敵人所得，仍是無抵抗的就死。他們雖然失敗了，但他相信這種精神不會失敗，將來必有勝利的時候；他在篇中說拉安進逼暴君，侍臣皆逃。

「一個較勇敢的，舉起鋼刀
將刺這生客：『可憐的人，
你對我幹什麼事呢？』——鎮靜，莊重而且嚴厲的，
這聲音解散了他的筋力，他拋下了
他的刀在地上，恐慌的失了色，
於是默然的坐著了。」

戈德文在《政治的正義》裡記著相類的一件事，說當兵士進瑪留士的獄室去殺他的時候，他說，「漢子，你有殺瑪留士的膽量麼？」兵士聞言愕然，不敢下手；即是同一的思想。

其二是《解放的普洛美透思》，係續希臘愛斯吉洛思（Aeschylus）三部曲

中《束縛的普洛美透思》而作，借了古代神話的材料來寄託他的哲學的。普洛美透思從太陽偷了火來給人類，觸怒宙斯大神（即羅馬的由比忒爾），被縛在高加索山上，受諸苦刑，古代傳說謂其後以運命之秘密告宙斯，因得解放，但席烈以為人類之戰士而去與人類之壓迫者妥協，不足為訓，故改變舊說，宙斯終為德謨戈爾剛所倒，普洛美透思復得自由，於是黃金世界遂開始了。

第三幕末云：

「可嫌惡的假面落下了，
人都是無笏的，自由，無拘束的，
只是相等的人，不分階級，沒有部落，也沒有國家，
離去了畏懼，崇拜與等級，
是自己的王，正直，和善而聰明。」

關於女人的情狀，又這樣的說：

「口說先前不能想到的智慧，
眼看先前怕敢感著的情緒，
身為先前不敢做的人，
她們即在現今使這地下正如天上了。」

第四幕末德謨戈爾剛話中的一節，即是達到這個目的的路，也就是席烈的人生哲學的精義。

「忍受『希望』以為無限的苦難，
饒恕比死或夜更暗的委屈，
反抗似乎萬能的『強權』，
愛而且承受；希望下去，
直至『希望』從他自己的殘餘創造出他所沉思的東西；
不要改變，不要躊躇，也不要後悔；
這正如你的光榮，

將是善，大而愉樂，美而自由；
只此是生命，愉樂，皇國與勝利。」

他的無抵抗的反抗主義，在《無政府的假面》裡說得最是明瞭，如第八十五六節云：

「籠著兩手，定著眼睛，
不必恐慌，更不必出驚，
看著他們的殺人，
直等到他們的怒氣平了。
那時他們將羞慚的回去，
回到他們出來的地方，
而且這樣所流的鮮血
將顯露在他們紅熱的頰上了。」

這樣純樸虔敬的聯句，幾乎令人疑是出於勃來克（Blake）之筆。這個思想，我稱他作無抵抗的反抗主義，因為他不主張暴力的抵抗，而仍是要理性的反抗，這便是一切革命的精神的本源。他還有一篇《與英國人》的詩，意思卻更為激烈了。

我寫這一篇小文，似乎不免偏重，但我決不看過別一方面，承認他終究是詩人之詩人，不過因為關於他的社會思想尚少有人說及，所以特別說一番罷了。社會問題與文藝的關係，席烈自己在《解放的普洛美透思》序裡說得最好，現在抄譯一節：

「或者以為我將我的詩篇專作直接鼓吹改革之用，或將他看作含著一種人生理論的整齊的系統，那都是錯誤的。教訓詩是我們所嫌惡的東西；凡在散文裡一樣的能夠說得明白的，在詩裡沒有不是無聊而且多事。我的目的只在使……讀者的精煉的想像略與有道德價值的美的理想相接；知道非等到人心能夠愛，能夠感服，信託，希望以及忍耐，道德行為的理論只是撒在人生大路上的種子，無知覺的行人將把他們踏成塵土，雖然他們會結他的幸福的果實。」

由此可知社會問題以至階級意識，都可以放進文藝裡去，只不要專作一種手段之用，喪失了文藝的自由與生命，那就好了。席烈自己正是這樣的一個理想的人，現在且引他末年所作的一首小詩，當做結末的例。

輓歌

「太切迫的悲哀，不能再歌吟了，
大聲悲歎著的烈風呵；
陰沉的雲正是徹夜的
撞著喪鐘的時候的狂風呵；
眼淚是空虛的悲哀的風暴，
挺著枝條的裸露的樹，
深的岩穴與荒涼的平野呵——
都哀哭罷，為那人世的委屈罷！」

一九二三年七月

森鷗外博士

據日本新聞的報導，森鷗外博士於本月十日去世了，這實在是東亞文壇的一件極可惋惜的事。

森鷗外（Mori Ogai）名林太郎，生於一八六〇年，畢業醫科大學，留學德國，專研究衛生學，歸後進醫學博士，後又授文學博士，任軍醫總監及東京博物館長，今年七月十日以腎臟病卒，年六十三歲。

在日本近三十年的文學界上，森氏留下極大的功績，與坪內逍遙博士並稱。他在新文學初興的時候供著許多精密的介紹翻譯，到後來自然主義興起，風靡一時，他以超然的態度，獨立著作，自成一家，但一方面翻譯歐洲大陸的作品仍不稍懈，最著名者有丹麥安徒生的《即興詩人》，德國哥德的《浮斯忒》，《哥德傳》及《浮斯忒考》等，此外《一幕物》，《現代小品》，《十人十話》，與《蛙》等亦均有名。著作則有戲劇《我的一幕物》，小說集《涓滴》（後改題「還魂錄」），《走馬燈與分身》，《高瀨舟》，長篇《青年》及《雁》，傳記故事《天保物語》，《山房札記》等數十種。

《涓滴》在一九一一年出版，其中有《杯》及《遊戲》二篇最可注意，因為他著作的態度與風格在這裡邊最明顯的表現出來了。拿著火山的熔岩色的陶杯的第八個少女，不願借用別人的雕著「自然」二字的銀盃，說道：「我的杯並不大，但是我用我自己的杯飲水，」這即是他的小影。

《遊戲》裡的木村，對於萬事總存著遊戲的心情，無論做什麼事，都是一種遊戲，但這乃是理知的人的透明的虛無的思想，與常人的以生活為消遣者不同，雖當時頗遭文壇上正統派的嘲弄，但是既係現代人的一種心情，當然有其存在的價值。這種態度與夏目漱石的所謂低徊趣味可以相比，兩家文章的清淡而腴潤，也正是一樣的超絕，不過森氏的思想保守的分子更少，如在《沉默之塔》一篇裡可以看出。這篇原來登在生田長江譯尼采的《札拉圖斯忒拉》上當作序文，有漢譯，收在《現代日本小說集》中。

《走馬燈與分身》（一九一三）係兩部合成，《走馬燈》凡八篇，記人世的情狀，《分身》六篇，寫自己的經驗，覺得最有興趣。讀《妄想》，《食堂》與《田樂豆腐》諸篇，主人公的性情面目宛然如在目前，這種描寫的手法正是極不易及。

《高瀬舟》（一九一八）的內容，大半與《走馬燈》相類，但其中有《魚玄機》，《寒山拾得》諸作，採用古代的材料，編成新的故事，已經是《山房札記》的先聲了。《山房札記》（一九一九）一類的書，以事實的考證為重，所以稱他為傳記故事，《魚玄機》等卻是小說。現代作這一體小說的人也頗不少，唯芥川龍之介做的最多也最好，文章又頗有與森相似的地方，所以被稱作第二的森鷗外，然而做《分身》一類的人卻是現在沒有了。

森氏的著作中間，有一篇不曾編入集裡的小說，最使我注意的，是那九十四頁的短篇「Vita Sexualis」（《性的生活》）。這一篇作品係登在文藝雜誌《昴》（Subaru）一卷七號（一八九九年七月）上，這雜誌本是森鷗外與謝野寬和晶子木下杢太郎諸人組織，由石川啄木編輯的。但是這一號才發行出去，內務部即認定《性的生活》是壞亂風俗的文章，立刻禁止發賣，將他沒收了。

所以後來小說集裡沒有這篇，而且在外邊流傳的也頗稀少，在禁止的一年後，我聽發行的書店裡的人說，有人想要搜求，已經非出六倍的價不可了。

《性的生活》是《分身》一類的作品，金井君自敘六歲至二十一歲的性的知識的經驗，欲作兒子的性的教育的資料，由我看來實在是一部極嚴肅的，文學而兼有教育意義的書，也非森氏不能寫的。但是醫學博士兼文學博士的嚴肅的作品，卻被官吏用警眼斷定是壞亂風俗而禁止了。原文的末節云：

「他讀完原稿之後，心想將這個發表出去麼？這很為難罷。有些事情，大家都做著，卻都不說的。而且自己也掛名在為謹慎所支配住的教育界裡，這很為難罷。那麼無意中給兒子去讀，也可以麼？如給他去讀，那也未必有什麼不可以給他讀的事情。但是讀了之後，兒子的心理現出來的效果如何，卻是不能豫先測知的。倘若讀了這個的兒子，成為他的父親一般，那麼怎樣？這是幸呢，還是不幸呢？

「兌美爾（Dehmel）的詩裡曾說，『不要服從他，不要服從他！』也不願給兒子讀了。金井君拿起筆來，在書面上用拉丁文大書道 Vita Sexualis，於是的拋進箱子裡去了。」

這篇裡所寫雖然只是一個理知的人的性的生活，但是一種很有價值的「人間的證券」，凡是想真實的生活下去的人都不應忽視的。這回編纂《鷗外全集》的時候，不知道日本當局有這理解力，能許他完全編入否？性的教育的實施方法誠然還未能夠決定，但理論是大抵確實了；教育界尚須從事籌備，在科學與文藝上總可以自由的發表了。

然而世界各國的道學家誤認人生裡有醜惡的部分，可以做而不能說的，又固持「臭東西上加蓋子」的主義，以為隱藏是最好的方法，因此發生許多反對與衝突，其實性的事情確是一個極為纖細複雜的問題，決不能夠完全解決的，正如一條險峻的山路，在黑暗裡走去固然人人難免跌倒，即使在光明中也難說沒有跌倒的人——不過可以免避的總免避過去了。

道學家的意見，卻以為在黑暗中跌倒，總比在光明中為好，甚至於覺得光明中的不跌倒還不及黑暗中的跌倒之合於習慣，那更是可笑了。因《性的生活》的禁止問題，連帶的說及，與本題卻已離遠了。

一九二二年七月二十四日。

有島武郎

閱七月九日的日本報紙，聽說有島武郎死了。我聽了不禁大驚，雖然緣由不同，正與我十餘年前在神田路上買到一報號外，聽說幸德秋水等執行死刑時，同樣的驚駭，因為他們的死不只是令我們惋惜。

有島武郎（Arishima Takeo），生於明治十一年（一八七七），今年四十七歲。他在二十六歲時畢業於札幌農學校，往美國留學，歸國後任母校的英文講師八年，大正四年（一九一五）辭職，以後專致力於文學，他最初屬於白樺一派，其後獨立著作，所作匯刻為《有島武郎著作集》，已出十四集，又獨自刊行個人雜誌曰「泉」。

他曾經入基督教，又與幸德相識，受到社會主義思想。去年決心拋棄私有田產，分給佃戶，自己空身一個人專以文筆自給，這都是過去的事情。六月八日外出旅行，以後便無消息，至七月七日，輕井澤管別莊的人才發見他同著一個女子縊死在空屋中，據報上說她是波多野夫人，名秋子，但的確的事還不知道。

有島君為什麼情死的呢？沒有人能知道，總之未必全是為了戀愛罷。秋田雨雀說是由於他近來的「虛無的心境」，某氏說是「圍繞著他的四周的生活上的疲勞與倦怠」，大約都有點關係。他留給他的母親和三個小孩的遺書裡說：「我歷來盡力的奮鬥了。我知道這回的行為是異常的行為，也未嘗不感到諸位的憤怒與悲哀。但是沒有法子，因為無論怎樣奮鬥，我終不能逃脫這個運命。我用了衷心的喜悅去接近這運命，請宥恕我的一切。」

又致弟妹等信中云：「我所能夠告訴你們的喜悅的事，便是這死並不絲毫受著外界的壓迫。我們極自由極歡喜的去迎這死。現在火車將到輕井澤的時候，我們還是笑著說著，請暫時離開了世俗的見地來評議我們。」

我們想知道他們的死的緣由，但並不想去加以判斷：無論為了什麼緣由，既然以自己的生命酬報了自己的感情或思想，一種嚴肅掩住了我們的口了。我們固然不應玩弄生，也正不應侮蔑死。

有島君的作品我所最喜歡的，是當初登在《白樺》上的一篇《與幼小者》。這篇和《阿末之死》均已譯出，編入《現代日本小說集》裡，此外只有我所譯的一篇《潮霧》，登在《東方雜誌》上，附錄有他的一節論文，今節錄於此，可以略見他對於創作的要求與態度。

「第一，我因為寂寞，所以創作。……

第二，我因為欲愛，所以創作。……

第三，我因為欲得愛，所以創作。……

第四，我又因為欲鞭策自己的生活，所以創作。如何蠢笨而且缺乏向上性的我的生活呵！我厭倦了這個了。應該蛻棄的殼，在我已有幾個了。我的作品給我做了鞭策，嚴重的給我抽打那冥頑的殼。我願我的生活因了作品而得改造。」

有島君死了，這實在是可惜而且可念的事情。日本文壇邊的「海乙那」

（Hyaena）將到他的墓上去夜叫罷，「熱風」又將吹來罷，這於故人卻都已沒有什麼關係。其實在人世的大沙漠上，什麼都會遇見，我們只望見遠遠近近幾個同行者，才略免掉寂寞與虛空罷了。

一九二三年七月

《自己的園地》舊序

這一集裡分有三部，一是「自己的園地」十八篇，一九二二年所作，二是「綠洲」十五篇，一九二三年所作，三是雜文二十篇，除了三篇以外，都是近兩年內隨時寫下的文章。

這五十三篇小文，我要申明一句，並不是什麼批評。我相信批評是主觀的欣賞不是客觀的檢察，是抒情的論文不是盛氣的指摘；然而我對於前者實在沒有這樣自信，對於後者也還要有一點自尊，所以在兩方面都不能比附上去。簡單的說，這只是我的寫在紙上的談話，雖然有許多地方更為生硬，但比口說或者也更為明白一點了。

大前年的夏天，我在西山養病的時候，曾經做過一條雜感曰「勝業」，說因為「別人的思想總比我的高明，別人的文章總比我的美妙」，所以我們應該少作多譯，這才是勝業。荏苒三年，勝業依舊不修，卻寫下了幾十篇無聊的文章，說來不免慚愧，但是仔細一想，也未必然。

我們太要求不朽，想於社會有益，就太抹殺了自己；其實不朽決不是著作的目的，有益社會也並非著者的義務，只因他是這樣想，要這樣說，這才是一切文藝存在的根據。我們的思想無論如何淺陋，文章如何平凡，但自己覺得要說時便可以大膽的說出來，因為文藝只是自己的表現，所以凡庸的文章正是凡庸的人的真表現，比講高雅而虛偽的話要誠實的多了。

世間欺侮天才，欺侮著而又崇拜天才的世間也並輕蔑庸人，人們不願聽荒野的叫聲，然而對於酒後茶餘的談笑，又將憑了先知之名去加以訶斥。這都是錯的。我想，世人的心與口如不盡被虛偽所封鎖，我願意傾聽「愚民」的自訴衷曲，當能得到如大藝術家所能給予的同樣的慰安。

我是愛好文藝者，我想在文藝裡理解別人的心情，在文藝裡找出自己的心情得到被理解的愉快。在這一點上，如能得到滿足，我總是感謝的。所以我享樂——我想——天才的創造，也享樂庸人的談話。世界的批評家法蘭西

（Anatole France）在《文學生活》（第一卷）上說：

「著者說他自己的生活，怨恨，喜樂與憂患的時候，他並不使我們覺得厭倦。……因此我們那樣的愛那大人物的書簡和日記，以及那些人所寫的，他們即使並不是大人物，只要他們有所愛，有所信，有所望，只要在筆尖下留下了他們自身的一部分。若想到這個，那庸人的心的確即是一個驚異。」

我自己知道這些文章都有點拙劣生硬，但是還能說出我所想說的話；我平常喜歡尋求友人談話，現在也就尋求想像的友人，請他們聽我的無聊賴的閒談。我已明知我過去的薔薇色的夢都是虛幻，但我還在尋求——這是生人的弱點——想像的友人，能夠理解庸人之心的讀者。

我並不想這些文章會於別人有什麼用處，或者可以給予多少怡悅；我只想表現凡庸的自己的一部分，此外並無別的目的。因此我把近兩年的文章都收在裡邊，除了許多「雜感」以及不愜意的一兩篇論文；其中也有近於遊戲的文字，如《山中雜信》等，本是「雜感」一類，但因為這也可以見我的一種脾氣，所以將他收在本集裡了。

我因寂寞，在文學上尋求慰安；夾雜讀書，胡亂作文，不值學人之一笑，但在自己總得了相當的效果了。或者國內有和我心情相同的人，便將這本雜集呈獻與他；倘若沒有，也就罷了。——反正寂寞之上沒有更上的寂寞了。

一九二三年七月二十五日，在北京。

《竹林的故事》序

馮文炳君的小說是我所喜歡的一種。我不是批評家，不能說他是否水平線以上的文藝作品，也不知道是那一派的文學，但是我喜歡讀他，這就是表示我覺得他好。

我所喜歡的作品有好些種。文藝復興時代說猥褻話的里昂醫生，十八世紀講刻毒話的愛耳蘭神甫，近代做不道德的小說以及活剖人的心靈的法國和瑞典的狂人，……我都喜歡讀，不過我不知怎地總是有點「隱逸的」，有時候很想找一點溫和的讀，正如一個人喜歡在樹蔭下閒坐，雖然曬太陽也是一件快事。我讀馮君的小說便是坐在樹蔭下的時候。

馮君的小說我並不覺得是逃避現實的，他所描寫的不是什麼大悲劇大喜劇，只是平凡人的平凡生活——這卻正是現實。特別的光明與黑暗固然也是現實之一部，但這盡可以不去寫他，倘若自己不曾感到欲寫的必要，更不必說如沒有這種經驗。文學不是實錄，乃是一個夢：夢並不是醒生活的複寫，然而離開了醒生活夢也就沒有了材料，無論所做的是反應的或是滿願的夢。

馮君所寫多是鄉村的兒女翁媼的事，這便因為他所見的人生是這一部分——其實這一部分未始不足以代表全體：一個失戀的姑娘之沉默的受苦未必比蓬髮薰香，著小蠻靴，胸前掛雞心寶石的女郎因為相思而長吁短歎，尋死覓活，為不悲哀，或沒有意思。將來著者人生的經驗逐漸進展，他的藝術也自然會有變化，我們此刻當然應以著者所願意給我們看的為滿足，不好要求他怎樣地照我們的意思改作，雖然愛看不愛看是我們的自由。

馮君著作的獨立的精神也是我所佩服的一點。他三四年來專心創作，沿著一條路前進，發展他平淡樸訥的作風，這是很可喜的。有茀羅倍耳那樣的好先生，別林斯奇那樣的好批評家，的確值得也是應該聽從的，但在中國那裡有這些人；你要去找他們，他不是叫你拿香泥塑一尊女菩薩，便叫你去數天上的星，結果是筋疲力盡地住手，假如是聰明一點。馮君從中外文學裡涵養他的趣味，一面獨自走他的路，這雖然寂寞一點，卻是最確實的走法，我希望他這樣可以走到比此刻的更是獨殊的他自己的藝術之大道上去。

這種叢書，向來都是沒有別人的序的，但在一年多前我就答應馮君，出小說集時給做一篇序，所以現在不得不寫一篇。這只代表我個人的意見，並不是什麼批評。我是認識馮君，並且喜歡他的作品的，所以說的不免有點偏，倘若當作批評去看，那就有點像「戲臺裡喝彩」式的普通評論，不是我的本意了。

一九二五年九月三十日，於北京。

《鬚髮爪》序

我是一個嗜好頗多的人。假如有這力量，不但是書籍，就是古董也很想買，無論金，石，瓷，瓦，我都是很喜歡的。現在，除了從舊貨攤收來的一塊鳳凰磚，一面石十五郎鏡和一個「龜鶴齊壽」的錢以外，沒有別的東西，只好翻弄幾本新舊書籍，聊以消遣，而這書籍又是如此的雜亂的。

我也喜看小說，但有時候又不喜歡看了，想找一本講昆蟲或是講野蠻人的書來看，簡直是一點兒統系都沒有。但是有一樣東西，我總是喜歡，沒有厭棄過，而且似乎足以統一我的凌亂的趣味的，那便是神話。

我最初所譯的小說是哈葛德與安度闌合著的《紅星佚史》（The World's Desire by H.R.Haggard and Andrew Lang），一半是受了林譯「哈氏叢書」的影響，一半是蘭氏著作的影響。我在東京的書店買到了「銀叢書」（The Silver Library）中的《習俗與神話》（Custom and Myth）《神話儀式與宗教》（Myth, Ritual and Religion）等書，略知道人類學派的神話解釋，對於神話感得很深的趣味，二十年來沒有改變。

我不能說什麼是我的職業，雖然現在是在教書，但我可以說我的趣味是在於希臘神話，因為希臘的是世界的最美的神話。我有時想讀一篇牧歌，有時想知道蜘蛛的結婚，實在就只是在圈子裡亂走，我似乎也還未走出這個圈子。

我看神話或神話學全是為娛樂，並不是什麼專門的研究。但有時也未嘗沒有野心，想一二年內自己譯一部希臘神話，同時又希望有人能夠編譯或著述一部講文化或只是宗教道德起源發達的略史。

我平常翻開芬蘭威斯忒瑪耳克（E. Westermarck）教授那部講道德觀念變遷的大著，總對他肅然起敬，心想這於人類思想的解放上如何有功，真可以稱是一部「善書」。在相信天不變道亦不變的中國，實在切需這類著作，即使是一小冊也好。能夠有人來做，表示道德是並非不變的，打破一點天經地義的迷夢，有益於人心世道實非淺鮮。我以前把這件事託付在研究社會學的朋友身上，荏苒十年，杳無希望，因為那些社會學者似乎都是弄社會政策的，只注意現代，於歷史的研究大抵不著重的。

這件事好像是切望中國趕快成為一個像樣的民主國，急切不能成功，本來也是難怪的，雖然也難免略略地失望。但是這兩年來，紹原和我玩弄一點筆墨遊戲，起手發表《禮部文件》，當初只是說「閒話」，後來卻弄假成真，紹原的《禮部文件》逐漸成為禮教之研究，與我所期望於社會學家的東西簡直是殊途而同歸，這實在是很可喜的。我現在所要計畫的是，在紹原發刊他的第幾卷的論文集時，我應當動手翻譯我的希臘神話。

紹原是專攻宗教學的。我當紹原在北京大學時就認識他。有一天下課的時候，紹原走來問我日本的什麼是什麼東西，領我到圖書館閱覽室，找出一本叫做「亞細亞」的英文月報翻給我看，原來是什麼人譯的幾首「Dodoitsu」，日本人用漢字寫作「都都逸」，是近代的一種俗歌。

我自己是喜歡都都逸的，卻未必一定勸別人也去硬讀，但是紹原那種探查都都逸的好奇與好事，我覺得是很可貴的，可以說這就是所以成就那種研究的原因，否則別人剃鬍鬚，咬指甲，干他什麼事，值得這樣注意呢。

紹原學了宗教學，並不信那一種宗教，雖然有些人頗以為奇（他們以為宗教學者即教徒），其實正是當然的，而且因此也使他更適宜於做研究禮教的工作，得到公平的結論。

紹原的文章，又是大家知道的，不知怎地能夠把謹嚴與遊戲混合得那樣好，另有一種獨特的風致，拿來討論學術上的問題，不覺得一點兒沉悶。因為這些緣故，我相信紹原的研究論文的發刊一定是很成功的。有人對於古史表示懷疑，給予中國學術界以好些激刺，紹原的書當有更大的影響，因為我覺得紹原的研究於闡明好些中國禮教之迷信的起源，有益於學術以外，還能給予青年一種重大的暗示，養成明白的頭腦，以反抗現代的復古的反動，有更為實際的功用。

我以前曾勸告青年可以拿一本文法或幾何與愛人共讀，作為暑假的消遣，現在同樣的毫不躊躕地加添這一小本關於髮鬚爪的迷信——禮教之研究的第一卷，作為青年必讀書之一，依照了我個人的嗜好。

民國十五年十一月一日，於北京苦雨齋。

《揚鞭集》序

半農的詩集將要出版了，我不得不給他做一篇小序。這並不是說我要批評半農的詩，或是介紹一下子，我不是什麼評衡家，怎麼能批評，我的批評又怎能當作介紹：半農的詩的好處自有詩在那裡作證。這是我與半農的老交情，使我不得不寫幾句閒話，替他的詩集做序。

我與半農是《新青年》上做詩的老朋友，是的，我們也發謬論，說廢話，但做詩的興致卻也的確不弱，《新青年》上總是三日兩頭的有詩，半農到歐洲去後也還時常寄詩來給我看。那時做新詩的人實在不少，但據我看來，容我不客氣地說，只有兩個人具有詩人的天分，一個是尹默，一個就是半農。尹默早就不做新詩了，把他的詩情移在別的形式上表現，一部《秋明集》裡的詩詞即是最好的證據。尹默覺得新興的口語與散文格調，不很能親密地與他的情調相合，於是轉了方向去運用文言。

但他是駕御得住文言的，所以文言還是聽他的話，他的詩詞還是現代的新詩，他的外表之所以與普通的新詩稍有不同者，我想實在只是由於內含的氣氛略有差異的緣故。半農則十年來只做新詩，進境很是明瞭，這因為半農駕御得住口語，所以有這樣的成功，大家只須看《揚鞭集》便可以知道這個情實。天下多詩人，我不想來肆口抑揚，不過就我所熟知的《新青年》時代的新詩作家說來，上邊所說的話我相信是大抵確實的了。

我想新詩總是要發達下去的。中國的詩向來模仿束縛得太過了，當然不免發生劇變，自由與豪華的確是新的發展上重要的原素，新詩的趨向所以可以說是很不錯的。我不是傳統主義（Traditionalism）的信徒，但相信傳統之力是不可輕侮的；壞的傳統思想自然很多，我們應當想法除去他，超越善惡而又無可排除的傳統，卻也未必少，如因了漢字而生的種種修辭方法，在我們用了漢字寫東西的時候總擺脫不掉的。

我覺得新詩的成就上有一種趨勢恐怕很是重要，這便是一種融化。不瞞大家說，新詩本來也是從模仿來的，他的進化是在於模仿與獨創之消長。近來中國的詩似乎有漸近於獨創的模樣，這就是我所謂的融化。自由之中自有節制，豪華之中實含清澀，把中國文學固有的特質因了外來影響而益美化，不可只拔上一件呢外套就了事。

這或者是我個人的偏見也未可知，我總覺得藝術這樣東西雖是一種奢侈品，但給予時常是很吝嗇的，至少也決不浪費。向來的新詩恐怕有點太浪費了，在我這樣舊人——是的，我知道自己是很舊的人，有好些中國的藝術及思想上的傳統佔據著我的心——看來，覺得不很滿意，現在因了經驗而知稼穡之艱難，這不能不說是文藝界的一個進步了。

新詩的手法，我不很佩服白描，也不喜歡嘮叨的敘事，不必說嘮叨的說理，我只認抒情是詩的本分，而寫法則覺得所謂「興」最有意思，用新名詞來講或可以說是象徵。讓我說一句陳腐話，象徵是詩的最新的寫法，但也是最舊，在中國也「古已有之」，我們上觀國風，下察民謠，便可以知道中國的詩多用興體，較賦與比要更普通而成就亦更好。譬如「桃之夭夭」一詩，既未必是將桃子去比新娘子，也不是指定桃花開時或是種桃子的家裡有女兒出嫁，實在只因桃花的濃豔的氣氛與婚姻有點共通的地方，所以用來起興，但起興云者並不是陪襯，乃是也在發表正意，不過用別一說法罷了。

中國的文學革命是古典主義（不是擬古主義）的影響，一切作品都像是一個玻璃球，晶瑩透澈得太厲害了，沒有一點兒朦朧，因此也似乎缺少了一種餘香與回味。正當的道路恐怕還是浪漫主義——凡詩差不多無不是浪漫主義的，而象徵實在是其精意。這是外國的新潮流，同時也是中國的舊手法；新詩如往這一路去，融合便可成功，真正的中國新詩也就可以產生出來了。

我對於中國新詩曾搖旗吶喊過，不過自己一無成就，近年早已歇業，不再動筆了，但暇時也還想到，略有一點意見，現在乘便寫出，當作序文的材料，請半農加以指教。

民國十五年五月三十日，於北京。

海外民歌譯序

我平常頗喜歡讀民歌。這是代表民族的心情的，有一種渾融清澈的地方，與個性的詩之難以捉摸者不同，在我們沒有什麼文藝修業的人常覺得較易領會。我所喜讀的是，英國的歌詞（Ballad），一種敘事的民歌，與日本的俗謠，普通稱作「小唄」（Ko-uta）。小唄可以說是純詩，他的好處——自然是在少數的傑作裡，如不怕唐突「吾家」先王，很有樂而不淫哀而不傷的意思；但是，講到底這還是他的江南的兒女文學的風趣，使我戀慕，正如我們愛好子夜歌一樣。

歌詞都是敘事詩，他的性質彷彿在彈詞與「節詩」之間，不過彈詞太長太有結構了，而節詩又太流暢，的確是近代的出品。我愛歌詞是在他的質素，有時又有點像韻文的童話；有些套語，在個人的著作中是很討嫌的，在這類民歌上卻覺得別有趣味，也是我所喜歡的一點。他講到女人總是美的，肌膚是乳白，眼睛是夏日似的明亮，腳是小的（請中國人不要誤會），問事總是問三遍，時日是十二個月零一日，就是文句也差不多有定式，例如——

安尼，我要親你的面頰，
我要親你的下巴頦兒。

中國彈詞也有這種傾向，我隨手從《再生緣》卷一中引用這四句：

公子一觀心駭異，
慌忙出位正衣冠，
問聲寶眷何來此，
請把衷情訴一番。

這正是一個好例，雖然我不大喜歡，因為似乎太庸熟了。

還有一層，這樣句調重疊下去，編成二三十冊的書，不知有幾萬行，自然不免令人生厭；歌詞卻總不很長，便不會有這種毛病，而且或者反成為他的一個特色了。

我在這兩樣民歌之外，還借了英語及世界語的譯本，看過一點各國的東西，有些我覺得喜歡的，用散文譯了幾首，後來收錄在《陀螺》裡邊。不過我看這些歌謠，全是由於個人的愛好，說不出什麼文藝上的大道理，或是這於社會有怎樣用處。我所愛讀的是戀愛與神怪這兩類的民歌，別的種類自然也不是沒有，反正現在也無須列舉。

讀情詩大約可以說是人之常情，神怪便似乎少有人喜歡了，這在標榜寫實主義以及文學革命的現代應該是如此，雖然事實未必如此。

我說，現在中國刮刮叫地是浪漫時代，政治上的國民革命，打倒帝國主義，都是一種表現，就是在文學上，無論自稱那一派的文士，在著作裡全顯露出浪漫的色彩，完全是浸在「維特熱」——不，更廣泛一點，可以說「曼弗勒德（Manfred）熱」裡面。

在這樣一個時代，驚異是不大會被冷落的，那麼，我的愛好也就差不多得到辯解了，雖然我的原因還別有所在。我對於迷信是很有趣味的，那些離奇思想與古怪習俗實現起來一定極不能堪，但在民謠童話以及古紀錄上看來，想像古今人情之同或異，另有一番意思。文人把歌謠作古詩讀，學士從這裡邊去尋證古文化，我們凡人專一且不能，卻又欲兼二，變成「三腳貓」而後已，此是凡人之悲哀，但或者說此亦是凡人之幸運，也似乎未始不可耳。

半農是治音韻學的專家，於歌謠研究極有興趣，而且他又很有文學的才能，新詩之外，還用方言寫成民歌體詩一卷，這是大家都知道的。他選集國外民歌，譯成漢文，現在匯成一集，將要出版了，叫我寫一篇序，說是因為我也是喜歡民歌的。

我想，我是一個「三腳貓」，關於民歌沒有什麼議論可發，只好講一點自己的事情，聊以敷衍，至於切題的說明須得讓半農自己出手。但是我有一句介紹的話可以負責聲明：半農這部《海外民歌》的確選也選得嘸啥，譯也譯得不錯。有幾首民歌曾經登在《語絲》上面，見過的人自會知道；如有人不曾見到呢，那麼買這部民歌選去一看也就知道了。總之半農的筆去寫民謠是很適宜的：《瓦缶》一集，有書為證。

中華民國十六年三月三十日，於北京西北城之苦雨齋。

潮州《畲歌集》序

民國三年一月我在紹興縣教育會月刊上發過這樣的一個啟事：

「作人今欲採集兒歌童話，錄為一編，以存越國土風之特色，為民俗研究兒童教育之資材。即大人讀之，如聞天籟，起懷舊之思，兒時釣遊故地，風雨異時，朋儕之嬉戲，母姊之話言，猶景象宛在，顏色可親，亦一樂也。第茲事體繁重，非一人才力所能及，尚希當世方聞之士，舉其所知，曲賜教益，得以有成，實為大幸。」

我預定一年為徵集期，但是到了年底，一總只收到一件投稿！

在那時候大家還不注意到這些東西，成績不好也是不足怪的，我自己只得獨力搜集，就所見聞陸續抄下，共得兒歌二百章左右，草稿至今還放在抽屜裡。六年四月到北京來，北京大學的朋友開始徵集歌謠，我也跟著幫忙，因為懶惰，終於沒有把自己的草稿整理好，但因了劉半農常維鈞諸君的努力，這個運動很有發展，徵集成績既佳，個人輯錄的地方歌謠集也有好幾種完成了，如顧頡剛、常維鈞、劉經庵、白啟明、鍾敬文諸君所編的都是，這部林培廬君的《畲歌集》乃是其中最新出的一種。

歌謠是民族的文學。這是一民族之非意識的而且是全心的表現，但是非到個人意識與民族意識同樣發達的時代不能得著完全的理解與尊重。中國現在是這個時候麼？或者是的，或者不是。中國的革命尚未成功，至今還在進行，論理應該是民族自覺的時代；但是中國所缺少的，是澈底的個人主義，雖然盡有利己的本能，所以真正的國家主義不會發生，文藝上也可以虛空地提倡著民眾文學，而實際上國民文學是毫無希望。在這個年頭兒，社會上充滿著時新，正如忽而頹廢，忽而血淚一般，也會忽而歌謠地歡迎起來，但那是靠不住的，不但要改變，而且不是真的鑒賞。

搜集歌謠的人此刻不能多望報酬，只好當作他的嗜好或趣味的工作，孤獨地獨自進行，又或如打著小鼓收買故舊的人，從塵土中挑選出「雞零狗碎」的物件，陳列在攤上，以供識貨者之揀擇——倘若賣不去，便永久留在店頭做做裝飾也好。

關於這一點，大抵現在搜集歌謠的人都有了覺悟，我所認識的幾位中間十九如此，差不多是悃愊無華，專心壹意地做這件事，而林君之堅苦卓絕尤為可以佩服。不過在現今這個忙碌的世界上，我雖然佩服林君的苦功，承認這部歌集的有價值，卻不能保證，至少在這聖道戰爭的幾年裡，這能夠怎樣為國人所懂得——雖然於將來的學術文藝界上的供獻總是存在的。

中華民國十六年四月三日，於北京記。

江陰船歌序

今年八月間，半農從江陰到北京，拿一本俗歌給我看，說是在路上從舟夫口裡寫下來的。這二十篇歌謠中，雖然沒有很明瞭的地方色與水上生活的表現，但我的意思卻以為頗足為中國民歌的一部分的代表，有搜錄與研究的價值。

民歌（Volkslied，Folksong）的界說，按英國 Frank Kidson 說，是生於民間，並且通行民間，用以表現情緒或抒寫事實的歌謠（《英國民歌論》第一章）。中國敘事的民歌，只有《孔雀東南飛》與《木蘭》等幾篇，現在流行的多半變形，受了戲劇的影響，成為唱本（如《孟姜女》之類）。抒情的民歌有子夜歌等不少，但經文人收錄的，都已大加修飾，成為文藝的出品，減少了科學上的價值了。

「民間」這意義，本是指多數不文的民眾；民歌中的情緒與事實，也便是這民眾所感的情緒與所知的事實，無非經少數人拈出，大家鑒定頒行罷了。所以民歌的特質，並不偏重在有精彩的技巧與思想，只要能真實表現民間的心情，便是純粹的民歌。

民歌在一方面原是民族的文學的初基，倘使技巧與思想上有精彩的所在，原是極好的事；但若生成是拙笨的措詞，粗俗的意思，也就無可奈何。我們稱讚子夜歌，仍不能蔑視這舟夫的情歌；因為這兩者雖是同根，現在卻已分開，所以我們的態度也應該不同了。

抒情的民歌中，有種種區別，田間的情景與海邊不同，農夫與漁人的歌也自然不同。中國的民歌未經收集，無從比校；但據我在故鄉所見，民眾的職業雖然有別，倘境遇不甚相遠，歌謠上也不發生什麼差異。農夫唱的都是一種「鷴哥戲」的斷片，各種勞動者也是如此；這鷴哥戲本是墮落的農歌，加以扮演的，名稱也就是「秧歌」的轉訛：這一件小事，很可以說明中國許多地方的歌謠，何以沒有明瞭的特別色彩，與思想言語免不了粗鄙的緣故。

民歌的中心思想專在戀愛，也是自然的事。但詞意上很有高下，凡不很高明的民歌，對於民俗學的研究，雖然一樣有用，從文藝或道德說，便不免有可以非難的地方。紹興「秧歌」的扮演，至於列入禁令，江浙通行的印本《山歌》，也被排斥；這冊中所選的二十篇，原是未經著錄的山歌，難免也有這些缺點。

我想民間的原人的道德思想，本極簡單，不足為怪；中國的特別文字，尤為造成這現象的大原因。久被蔑視的俗語，未經文藝上的運用，便缺乏了細膩的表現力；簡潔高古的五七言句法，在民眾詩人手裡，又極不便當，以致變成那個幼稚的文體，而且將意思也連累了。

我看美國何德蘭（Headland）的《孺子歌圖》，和日本平澤平七（H.Hirazawa）的《臺灣之歌謠》中的譯文，多比原文尤為明瞭優美，這在譯界是少有的事，然而是實在的事；所以我要說明，中國情歌的壞處，大半由於文詞的關係。倘若有人將他改作如《妹相思》等，也未始不可收入古人的詩話；但我們所要的是「民歌」，是民俗研究的資料，不是純粹的抒情或教訓詩，所以無論如何粗鄙，都要收集保存。

半農這一卷的《江陰船歌》，分量雖少，卻是中國民歌的學術的採集上第一次的成績。我們欣幸他的成功，還要希望此後多有這種撰述發表，使我們能夠知道「社會之柱」的民眾的心情，這益處是溥遍的，不限於研究室的一角的；所以我雖然反對用賞鑒眼光批評民歌的態度，卻極贊成公刊這本小集，做一點同國人自己省察的資料。

中華民國八年九月一日。

漢譯古事記神代卷引言

紹原兄，
讓我把這鵝毛似的禮物，
遠迢迢的從西北城，
送到你的書桌前。
（一九二六年一月三十日，周作人。）

我這裡所譯的是日本最古史書兼文學書之一，《古事記》（Kojiki）的上卷，即是講神代的部分，也可以說是日本史冊中所紀述的最有系統的民族神話。《古事記》成於元明天皇的和銅五年（七一二），當唐玄宗即位的前一年，是根據稗田阿禮（Hieda no Aré）的口述，經安萬侶（Yasumaro）用了一種特別文體記下來的。當時日本還沒有自己的字母，平常紀錄多借用漢字，即如同是安萬侶編述的《日本書紀》便是用漢文體所寫。

《日本書紀》是一部歷史，大約他的用意不但要錄存本國的史實，還預備留給外國人（自然是中國同朝鮮人）看的，所以用了史書體裁的漢文。但是一方面覺得這樣一來就難免有失真之處，因為用古文作文容易使事實遷就文章，更不必說作者是外國人了，所以他們為保存真面目起見，另用一種文體寫了一部，這便是《古事記》。（雖然實際上是《古事記》先寫成。）

因為沒有表音的字母可用，安萬侶就想出了一個新方法，借了漢字來寫，卻音義並用，如他的進書表文（這原來是一篇駢文）中所說：「或一句之中交用音訓，或一事之內全以訓錄。」不過如此寫法，便變成了一樣古怪文體，很不容易讀，如第三節中所云：「故二柱神立天浮橋而指下其沼矛以畫者，鹽許袁呂許袁呂邇畫鳴而引上時，自其矛末垂落之鹽，累積成島，是自淤能碁呂島」，即其一例。

但到了十八九世紀，日本國學發達起來，經了好些學者的考訂注解，現在已經可以瞭解了。我這裡所譯，係用次田潤的注釋本，並參照別的三四種本子。我的主意並不在於學術上有什麼供獻，所以未能詳徵博考，做成一個比較精密完善的譯本，這是要請大家豫先承認原諒的。

我譯這《古事記》神代卷的意思，那麼在什麼地方呢？我老實說，我的希望是極小的，我只想介紹日本古代神話給中國愛好神話的人，研究宗教史或民俗學的人看看罷了。普通對於這種東西有兩樣不同的看法，我覺得都不很對，雖然在我所希望他來看的人們自然不會有這些錯誤。

其一是中國人看神話的方法。他們從神話中看出種種野蠻風俗原始思想的遺跡——其實這是自然不過的事，他們卻根據了這些把古代與現代溷在一起，以為這就足以作批評現代文化的論據。如《古事記》第三節裡說，二大神用了天之沼矛攪動海水，從矛上滴下來的泡沫就成了島，叫做自凝島，讀者便說這沼矛即是男根的象徵，所以日本的宗教是生殖崇拜的。天之沼矛或者是男根的象徵（在古人的眼裡什麼不含有性的意味呢？）但並不能因此即斷定後來的宗教思想是怎樣。

世界民族，起初差不多都是生殖崇拜的，後來卻會變化，從生殖崇拜可以變出高尚的宗教和藝術，而且在一方面看來，就是生殖崇拜自身，在他未曾墮落的時候，也不是沒有他的美的。

大家知道希臘的迭阿女索思祭（Dionysia），本為生殖崇拜之一相，後來的那偉大的戲劇卻即由此而起，即在其初未經蛻變之時，如「布魯達奇」（Plutarch）所說：「昔者先民舉行迭阿女索思之祭，儀式質樸而至歡愉，有行列，挈酒一瓶，或一樹枝，或牽羊，或攜柳筐，中貯無花果，而殿以生支（Phallos）」，固純是原始的儀式，但見於藝術者，如許多陶器畫上之肩菡萏的「狂女」（Mainades）以及發瘋露醜的「山精」（Satyros），未始不是極有趣味的圖像。我們可以把那些原始思想的表示作古文學古美術去欣賞，或作古文化研究的資料，但若根據了這個便去批評現代的文明，這方法是不大適用的。

其二是日本人看神話的方法，特別是對於《古事記》。日本自己有「神國」之稱，又有萬世一系的皇室，其國體與世界任何各國有異，日本人以為這就因為是神國的關係，而其證據則是《古事記》的傳說。所以在有些經國家主義的教育家煉製成功的忠良臣民看來，《古事記》是一部「神典」，裡邊的童話似的記事都是神聖的，有如《舊約》之於基督教徒，因為這是證明天孫的降臨的。

關於鄰國的事我們不能像《順天時報》那樣任情的說，所以不必去多講他，但這總可以說明，我們覺得要把神話看作信史也是有點可笑的，至少不是正當的看法。十多年前日本帝國大學裡還不准講授神話學，當初我也不明白是什麼緣故，後來看夏目漱石集中的日記，才知道因為日本是神國，講神話學就有褻瀆國體的嫌疑了。

就這一件事，可以想見這種思想是多麼有勢力。可是近年來形勢也改變了，神話學的著作出版漸多（雖然老是這兩三個著者），連研究歷史及文化的也吸收了這類知識，在古典研究上可以說起了一個革命。做有四大厚冊（尚缺一冊，未完成）《文學上國民思想之研究》的津田博士在《神代史研究》上說，《古事記》中所記的神代故事並不是實際經過的事實，乃是國民想像上的事實；後人見了萬世一系的情形，想探究他的來源，於是編集種種傳說，成為有系統的紀載，以作說明。

這個說法似乎很是簡單，而且也是當然，但在以前便不能說（當然現在也有些人還不以為然），更不必說能保全文學博士的頭銜了。

人類學者鳥居博士新著《人類學上看來的我國上古文化》第一卷，引了東北亞洲各民族的現行宗教，來與古代日本相印證，頗有所發明；照他所講的看來，神代紀上的宗教思想大抵是薩滿教（Shamanism）的，與西伯利亞的韃靼以及回部朝鮮都有共同之點，此於人類學上自是很有意義的佐證，但神典之威嚴卻也不能沒有動搖了。

我說日本人容易看《古事記》的神話為史實，一方面卻也有這樣偉大之學術的進展，這一點是我們中國人不得不對著日本表示欣羨的了。

（對於萬世一系的懷疑，在日本的學者中間並不是沒有。好些年前有一個大學教授講到進化，說即如日本的國體也要改變，因此就革了職，但我記不清這事的詳情和他的姓名了。一九二一年九月的《東方時論》上登載法學博士青木徹二的一篇隨筆，名曰 Zoku Seso Ibukashiki，譯出來可以稱作「續世事之離奇」，出版後即被政府禁止，據齋藤昌三的《近代文藝筆禍史》說，「作者青木博士終以朝憲紊亂罪下獄，在這一年裡，大學助教授森戶辰夫，帆足里一郎，野村隈畔等，或處徒刑，或處多大之罰金，學者之有名筆禍事件相繼發生。」除森戶外，別人的事件內容我都不很清楚，但青木博士的我還記得，雖然雜誌是禁止沒收了。他的犯罪也是因為對於萬世一系的懷疑。他對訪問的記者說明他的意思，他不滿意於一般關於國體的說法，以為日本是與世界各國絕不相同的；他不願意被人家看作一種猴子似的異於普通人類的東西，發憤要表明日本人也是人，也有人類同具的思想與希望，所以寫那一篇文章，即因此得罪在所不惜。這種精神也值得佩服，雖然與現在所談的神話問題無甚關係。）

《古事記》神話之學術的價值是無可疑的，但我們拿來當文藝看，也是頗有趣味的東西。日本人本來是藝術的國民，他的製作上有好些印度中國影響的痕跡，卻仍保有其獨特的精彩；或者缺少莊嚴雄渾的空想，但其優美輕巧的地方也非遠東的別民族所能及。他還有他自己的人情味，他的筆致都有一種潤澤，不是乾枯粗厲的，這使我最覺得有趣味。

和辻哲郎著《日本古代文化》，關於這點說的很是明白，雖然他的舉例多在《古事記》的後二卷，但就是在神話裡也可以看出一點來。不過我的譯文實在太是不行了，這在我還未動筆之先就早已明白的感到，所以走失了不少的神采。此刻只好暫時這樣的將就，先發表出來，將來如有進步當再加校訂吧。

希臘神話引言（譯文）

英國哈利孫女士著

詩人席烈（Shelley）曾說過最可紀念的話，「我們都是希臘人，我們的法律，我們的宗教，我們的藝術，都在希臘生根的。」這是真的，但是有一個大的減折。我們的宗教不是生根於希臘的；這從東方來傳給我們，雖然在這上面西方以及希臘的精神也很有影響。希臘觸著什麼東西，都使他變化。所以我們的宗教雖是東方的，卻欠了希臘一筆深厚而永久的債。要計算這一筆債，便是現在放在我們面前的這愉快的工作。

但是我們第一要明白，我們的題目，不是希臘羅馬的宗教，而是希臘羅馬的神話。各種宗教都有兩種分子，儀式與神話。第一是關於他的宗教上一個人之所作為，即他的儀式；其次是一個人之所思索及想像，即他的神話，或者如我們願意這樣叫，即他的神學。但是他的作為與思索，卻同樣地因了他的感覺及欲求而形成的。

心理學告訴我們——我們這裡最好是引柳巴（Leuba）教授的話——意識生活的單位不單是思想，不是感情，不是意志，但是「三者一致對於同一目的而行動」，不過這還須首先明白，意志是屬於第一位的。「意識生活是常向著或物，想即刻或最後去得到或免避的。」宗教也只是這意識生活的活動之某一形式罷了。

宗教的衝動，單只向著一個目的，即生命之保存與發展。宗教用兩種方法去達到這個目的，一是消極的，除去一切於生命有害的東西，一是積極的，招進一切於生命有利的東西。全世界的宗教儀式不出這兩種，一是驅除的，一是招納的。饑餓與無子是人生的最重要的敵人，這個他要設法驅逐他。

食物與多子是他最大的幸福。希伯來語的「福」字原意即云好吃。食物與多子這是他所想要招進來的。冬天他趕出去，春夏他迎進來。

這個原始宗教的活動，這些驅除或招納的儀式，這個「求生的意志」之各種表現，是全世界如此的；希臘羅馬人也有之，正與印第安紅人及南海島民一樣。那麼在希臘羅馬有什麼是他特別的呢？我們的負債在那裡呢？這就引我們到宗教的別一面，即神話那邊去了。

人在那裡行儀式，實行驅除或招納之禮的時候，他一面也在思索或想像著；在他心裡，起來一種影像，無論怎樣朦朧，一種心中的圖像表示他的所作為所感覺的東西。這樣的影像怎麼起來的呢？在這裡心理學跑進來幫助我們了。

人是一個影像製造者，但這正是人類的特權。在大多數的動物都依了所謂本能行事，他們的行動是機械地直跟著知覺發生，幾乎化學作用似的那樣迅速與確實。人類的神經系統卻更為複雜了，知覺並不立刻變為行動，其間似有可容選擇的餘暇。正在這知覺與反應中間之刹那的停頓時期，我們的影像，即我們的想像，觀念，實際上我們的全個心的生活，才建立起來。

我們並不立刻反應，即我們並不立刻得到所需要的東西，所以我們先獨自描畫我們的需要，我們創造出一個影像。倘若反應是即刻發生的，我們便不會有影像，沒有再現，沒有藝術，也沒有神學。影像之清楚活現與否，當視影像製造者之天分而異。在有些人，影像是模糊，錯亂，平淡的，在別人則或是清晰，活現，有力。

這是希臘人的極大天才，與羅馬人截然不同的，便是他們是影像製造者，即Iconists（造像者）。在希臘神話裡，我們供奉著那世上絕無僅有的、最有天才的民族所造的影像，而這些影像，也就是那民族的未得滿足的欲望之結果與反映。

幾十年以前，大家普通都拿羅馬的名字去叫希臘諸神。我們叫雅典那（Athena）為密涅發（Minerva），愛羅思（Eros）為邱匹德（Cupid），坡塞同（Poseidon）為涅普條因（Neptune）。這個不好的習慣幸而現在漸已消滅了。我們現在知道，在羅馬人從希臘借去神話以前，他們是沒有什麼嚴密意義的所謂「神」的。他們有渺茫的非人格的鬼物似的東西，他們並不稱之曰諸神（Dei），只稱之曰諸威力（Numina）。

羅馬人照嚴密意義說來決不是造像者，他們民族的天才不在這裡；他們並不人格化，不創造出人格，因此他們不能講關於個人的故事，不能創作「神史」；他們沒有什麼或竟沒有神話。

羅馬的「威力」是沒有人的特性的。他沒有性別，至少他的性別是無定的。這是怎麼隨便，只須參考古時的祈禱文便可明瞭，文中說禱告於精靈「無論是男是女」（Sive mas sive femina）。這些渺茫的精靈或「威力」與特別地點相關，為人所敬畏，近於恐怖而非愛慕。

他的分類是並不依據性格而以他的職務為準；這個工作的範圍又精細地規定；他職司管轄某處地點及人間的某種活動，這「威力」數目眾多幾乎與活動種類之多一樣。譬如有古尼那（Cunina），專看守小兒的搖籃，厄杜利亞（Edulia）與坡提那（Potina）教他吃和喝，斯泰提利奴思（Statilinus）教他站立，等等。

實在那「威力」不過是一種活動的影像，他決不是一個人格，雖然他或者是人格化的初步。

即使那些「威力」是超人間的，在管轄羅馬人的生活，能引起敬畏與依賴的意思，他們卻總不是人性的，也不是人形的，在詩歌與雕刻上也沒有過人形化的表示。伐耳羅（Varro）告訴我們——我們沒有更好的文獻了——「一百七十年來（基督前七五三年羅馬建都之日起計算）羅馬人祀神不用偶像。」

他又說——他這批評，很奇怪地偏於一面，而且是澈底地羅馬式的：「那些將圖像介紹到國內來的人，除去了恐怖而拿進了虛偽來了。」希臘人從宗教上拿去了恐怖，這確實是他們的極大的功績。在純粹講實際的人看來，造像者往往容易成為一個說誑者。

希臘人自己也有點明白，他們是造像者。有一個偉大的希臘人曾經用了簡單的言語告訴我們，影像是怎麼造成的，誰是影像製造者。赫洛陀多思（Herodotos）留下這一番話來，他在外國旅行，特別是到過了埃及，有所感觸，遂回想到本國宗教的特質。他說（卷二之五三）：

「關於各個神道之起源，是否他們從頭便已存在，他們各個的形狀如何，這些知識實在還只是近日的事。我想訶美洛思（Homeros）與赫西阿陀思（Hesiodos）去我們才四百年，這正是他們初為希臘人編著諸神的世系，給予諸神的稱號，規定各個的管轄及其權力，記述各個的形狀。」

赫洛陀多思不知道，也不能知道，諸神乃是人間欲望之表白，因了驅除與招納之儀式而投射出來的結果。他所知道的是，多謝他的比較研究，希臘諸神比較地晚出，在這些有人格的完成的諸神之前，尚有更古的時期，其神與希臘所謂神者迥不相同，沒有明白的人格以及特別的品性與行述，但只是茫漠無名的精靈，與羅馬的「威力」彷彿。

他知道在訶美洛思時代以前曾有別一民族住在希臘，他們的神，倘若這可以稱為神，與訶美洛思所說的截不相同。赫洛陀多思說，「昔時貝拉思戈人祀神，呼而告之。但他們不給神以稱號，亦無名字。」

原始的貝拉思戈人與更有文化的希臘人一樣，崇拜一種神明，他們祭祀，有儀式。但是對著什麼祭祀呢，他們沒有明白的觀念。他們的神未曾分化，沒有人形，他們沒有專名，如宙斯（Zeus）或雅典那，而且也沒有表德的稱號如「大震神」或「黑眼神女」，他們不是人而是物或力。

比較宗教學指示給我們看，正如赫洛陀多思最初對於希臘的觀察一樣，到處都是如此，直到較遲的時代，人才對於其所崇拜之物給予完全的人格。人格是與獸形或人形之給予同時發生的。

在人形化（Anthropomorphism）及獸形化（Theriomorphism）之前，我們別有一個精氣信仰（Animism）的時代，那時的神是一種無所不在的不可捉摸的力。到了人把他規定地點，給予定形，與他發生確定的關係的時候，這才變成真的神了。只在他們從威力變成個人的時候，他們才能有一部神話。

造成完全的人格化的原因，我們此刻且不多談，在我們研究各神的時候有些原因將要說及。現在所應注意的乃是只有一個神成了正確的神，即個人時，這才能造成行述，即神史。我們的工作是關於神話。貝拉思戈人的神是非人格的，他們沒有神史；羅馬的「威力」也是如此。他們是非人格的，也沒有神史。

所謂羅馬神話，即阿微丟思（Ovidius）所傳之神話，實在只是希臘神話搬運過來，轉變成羅馬的形式罷了。我們對於羅馬神話的負債即可承認並且清償了，因為這實際上是等於沒有。若與羅馬的儀式來一對照，羅馬的神話是並不存在的。羅馬人很富於宗教心，很感到他們對於不可見之力的依賴；但他們不是造像者，影像製造者，神話家，直到後來很遲，且受了希臘的影響，才有神話。他們民族的天分與這件事是不相容的。

赫洛陀多思說，「諸神是訶美洛思與赫西阿陀思所編造的。」詩人給予他們稱號，特殊的權力，以及形狀。在赫洛陀多思看來，訶美洛思是一個人；在我們看來，訶美洛思是史詩傳統的全體，詩人之民族即古代希臘人的傳統的書。

希臘民族不是受祭司支配而是受詩人支配的，照「詩人」（Poetes）這字的原義，這確是「造作者」，藝術家的民族。他們與別的民族同樣地用了宗教的原料起手，對於不可見的力之恐怖，護符的崇拜，未滿足的欲望等；從這些朦朧粗糙的材料，他們卻造出他們的神人來，如赫耳美思（Hermes），坡塞同，台美退耳（Demeter），赫拉（Hera），雅典那，亞孚羅迭諦（Aphrodite），亞耳台米思（Artemis），亞坡隆（Apollon），提阿女梭思（Dionysus），宙斯。

這已是一年前的事了，我譯了哈利孫（Jane Harrison）女士的《希臘神話》第三章的一節，題名曰「論鬼臉」，登在第四十二期的《語絲》上。譯文末尾附有說明，其中有這幾句話：

「原書在一九二四年出版，為『我們對於希臘羅馬的負債』（Our debt to Greece and Rome）叢書的第二十六編。哈利孫女士生於一八五〇年，是有名的希臘學者，著有《希臘宗教研究序論》，《古代藝術與儀式》等書多種。這本《希臘神話》，雖只是一冊百五十頁的小書，卻說的很得要領，因為他不講故事，只解說諸神的起源及其變遷，是神話學而非神話集的性質，於瞭解神話上極有用處。」

這是我的愛讀書之一，這篇引言，我久想翻譯，但是因循未果，只抄譯了講鬼臉的一節，不覺荏苒又是一年多了。今日天熱無聊，聽不知何處的炮聲如雷，不無棖觸，姑譯此消遣，比自己作文或較不費力，雖然或者有地方也未始不更費力。內容不知是否稍欠通俗，不過據我的偏見，這些也是常識的一部分，我們常人所應知道一點的。譯文急就，恐有錯誤處，容日後再行校正。

民國十五年八月二日燈下，記於北京西北城。

初夜權序言（譯文）

日本廢姓外骨撰

距今三年半前，即大正十一年的十月中，有一個少年紳士來訪，拿了一張名片，上寫「介紹某君，乞賜接談，法學博士吉野作造」。會見之後問其來意，答說，「我本是東京高等工業學校的畢業生，可是學過的工業卻不高興幹了，想轉到文學方面去，承吉野先生照顧，於大正八年進了帝國大學文學部，專攻社會學，到了明年春間須得提出畢業論文，想做一篇初夜權之社會學的研究，關於初夜權的外國的材料大略已經搜集了，本國的卻還沒有，去問吉野博士，他叫我來向先生請教，所以冒昧地跑來求見。」

我於是便就淺識所及，略說二三，又將參考書也借給他，過了四五個月，他來訪時說，「托先生的福，已經好好地畢業，成了文學士了。」並且還說那個論文承戶田今井兩位先生稱讚，說是近來少見的優秀之作云。

此後因了上邊所說的關係，我便告訴他，想把這論文拿來出版，賣給我罷；交涉的結果，用了三百塊錢買了來，就是這本書。錢貨交清之後，將要付印了，因為種種事情的緣故，暫時中止，這部稿本前後三年埋沒在篋底裡。直到近時，有一個本家存姓宮武尚二，辦了一個無名出版社，想刊行洋裝書，問我有沒有什麼東西可以讓他出版。我說，「那麼，這個印了出來怎麼樣？」把這書的原稿找了出來。

他很高興，說，「就印這個罷。當作無名出版社的第一著的事業，趕快發表出去罷。但是，叔叔，這個出版沒有什麼要緊麼？」

我說，「這不是堂堂的大學畢業論文麼？倘若是發表不得的東西，帝國大學教授們那裡會給他審查優等的分數呢？況且，這不是社會學上必要的研究問題麼？以前的內務部或者難說，現在是許多新進學者所在的內務部了，你放心做去可也。但是，雖然這邊已經買收了著作權，可以保證於出版上別無窒礙，不過原著者畢業後就做了某私立大學的講師（現在也還在那裡），照顧他的學長是一個極其正經的人，這樣論文發表出去之後，或者要請他走路也說不定，所以他請求在這本書上不要寫出真姓名來；我當時笑他『真是膽小的人呀！』但是已經答應了他，所以這回要你自己當編輯兼發行人，擔負一切的責任。」

在這個條件之下，我就將原稿交給他了。近日他又來說，「就要出版了，叔叔，務必請你寫一篇序文。」我於是歷敍以上的顛末，證明這乃是有權威的稀世的學術書，並不是那些自稱性欲學研究大家澤田順次郎輩所做的鉤引登徒子的翻譯的誨淫書的同類的東西。

大正十五年三月二十日，廢姓外骨。

案，外骨本姓宮武，今廢姓，開設「半狂堂」，著有《筆禍史》，《私刑類纂》，《賭博史》，《猥褻風俗史》等書，二十許種。偶閱二階堂招久（假名？）的《初夜權》，見外骨序文頗是別致，便譯出如上。末尾罵澤田順次郎，似太偏隘，澤田編著性欲學書最早，並不一定是鉤引登徒子的，找出現尚留存的《變態性欲論》一看，覺得可以代為證明。

「初夜權」係 **Jus Primae Noctis** 的譯語，指古代一種禮俗，在結婚時，祭司或王侯得先佔有新婦數日。大抵初民有性的崇拜，對於處女視為有一種「太步」（Tabu），含有神聖與毒害之意味，凡夫所不能當，故必先以聖體——無論是神，祭司或王等破除之，始不為害，可以結婚了。當初在施術者為一種職司上的義務，浸假而變為權利，蓋信仰改變，嚴肅的儀式轉為強迫的勞役，漸為崩壞之源，以至於革除，唯遺跡留存，在各民族婚俗上，猶明瞭可見。中國初夜權的文獻未曾調查，不知其詳，唯傳說元人對於漢族曾施行此權。范寅編《越諺》卷上載童謠低叭一章，其詞曰：

「低叭低叭，（嗩吶聲。）
新人留歹；（歹讀如 ta，語助詞。）
安歹過夜，
明朝還俉乃。（俉乃讀如 n-na，即你們。）」

注云，「此宋末元初之謠。」據紹興縣視學陳曰濲君說，德政鄉謠如下：

「低帶低帶，

新人留歹；
借我一夜，（我讀作nga，即我們。）
明朝還乃。」

云蔣岸橋地方昔有惡少嘯聚，有新婦過此，必劫留一夜，後為知縣所聞，執殺數人，此風始戢。所說本事大抵不可憑，唯古俗廢滅，而民族意識中猶留餘影，則因歌謠而可了知者也。又浙中有鬧房之俗，新婚的首兩夜，夫屬的親族男子群集新房，對於新婦得盡情調笑，無所禁忌，雖云在賺新人一笑，蓋係後來飾詞，實為蠻風之遺留，即初夜權之一變相。

此種鬧房的風俗不知中國是否普遍，頗有調查之價值。族人有在陝西韓城久寓者，云新娘對客須獻種種技藝，有什麼「蝴蝶拜」的名目，如果不誤，則北方也有類似的習俗也。

十五年十月十四日，豈明。

猥褻的歌謠

民國七年本校開始徵集歌謠，簡章上規定入選歌謠的資格，其三是「征夫野老遊女怨婦之辭，不涉淫褻而自然成趣者」。十一年發行《歌謠週刊》，改定章程，第四條寄稿人注意事項之四云，「歌謠性質並無限制；即語涉迷信或猥褻者亦有研究之價值，當一併錄寄，不必先由寄稿者加以甄擇。」在發刊詞中亦特別聲明，「我們希望投稿者……儘量的錄寄，因為在學術上是無所謂卑猥或粗鄙的。」但是結果還是如此，這一年內我們仍舊得不到這種難得的東西。

據王禮錫先生在《安福歌謠的研究》（《歌謠週刊》二二號轉錄）上說，家庭中傳說經過了一次選擇，「所以發於男女之情的，簡直沒有聽過。」這當然也是一種原因，但我想更重要的，總是由於紀錄者的過於拘謹。關於這個問題現在想略加討論，希望於歌謠採集的前途或者有一點用處。

什麼是猥褻的歌謠？這個似乎簡單的疑問，卻並不容易簡單地回答。籠統地講一句，可以說「非習慣地說及性的事實者為猥褻」。在這範圍內，包括有這四個項目，即（1）私情，（2）性交，（3）支體，（4）排泄。有些學者如德國的福克斯（Fuchs），把前三者稱為「色情的」，而以第四專屬於「猥褻的」，以為這正與原義密合，但平常總是不分，因為普通對於排泄作用的觀念也大抵帶有色情的分子，並不只是污穢。

這四個項目雖然容易斷定，但既係事實，當然可以明言，在習慣上要怎樣說才算是逾越範圍，成為違礙字樣呢，這一層覺得頗難速斷。有些話在田野是日常談話而紳士們以為不雅馴者，有些可以供茶餘酒後的談笑，而不能形諸筆墨者，其標準殊不一律，現在只就文藝作品上略加檢查，且看向來對於這些事情寬容到什麼程度。

據藹理斯說，在英國社會上，「以尾閭尾為中心，以一尺六寸的半徑——在美國還要長一點——畫一圓圈，禁止人們說及圈內的器官，除了那打雜的胃。」在中國倘若不至於此，那就萬幸了。

私情的詩，在中國文學上本來並不十分忌諱。講一句迂闊的話，三百篇經「聖人刪訂」，先儒注解，還收有許多「淫奔之詩」，盡足以堵住道學家的嘴。譬如「子不我思，豈無他人」這樣話，很有非禮教的色彩，但是不曾有人非難。在後世詩詞上，這種傾向也很明顯，李後主的《菩薩蠻》云：

「畫堂南畔見，
一晌偎人顫。
奴為出來難，
教郎恣意憐。」

歐陽修的《生查子》云：

「月上柳梢頭，
人約黃昏後。」

都是大家傳誦的句，雖然因為作者的人的關係也有多少議論。中國人對於情詩似有兩極端的意見：一是太不認真，以為「古人思君懷友，多托男女殷情，若詩人風刺邪淫，又代狡狂自述」；二是太認真，看見詩集標題紀及紅粉麗情，便以為是「自具枷杖供招」。其實卻正相反，我們可以說美人香草實是寄託私情，而幽期密約只以抒寫晝夢，據近來的學術說來，這是無可疑的了。

說得虛一點，彷彿很神秘的至情，說得實一點，便似是粗鄙的私欲，實在根柢上還是一樣，都是所謂感情的體操，並當在容許之列，所以這一類的歌詞當然不應抹殺，好在社會上除了神經變質的道學家以外，原沒有什麼反對，可以說是不成問題了。

詩歌中詠及性交者本不少見，唯多用象徵的字句，如親嘴或擁抱等，措詞較為含蓄蘊藉；此類歌詞大都可以歸到私情項下去，一時看不出什麼區別。所羅門《雅歌》第八章云：

「我的良人哪，求你快來，
如羚羊或小鹿在香草山上。」

《碧玉歌》的第四首云：

「碧玉破瓜時，相為情顛倒。
感郎不羞郎，回身就郎抱。」

都可以算作一例。至於直截描寫者，在金元以後詞曲中亦常有之，《南宮詞紀》卷四，沈青門的《美人薦寢》，梁少白的《幽會》（風情五首之一），大約可為代表，但是源流還在《西廂》裡，所以要尋這類的範本，不得不推那「酬簡」的一齣了。

散文的敘述，在小說裡面很是常見，唯因為更為明顯，多半遭禁。由此看來，社會不能寬容，可以真正稱為猥褻的，只有這一種描寫普通性交的文字。這雖只是根據因襲的習俗而言，即平心的說，這種敘述，在學術上自有適當的地位，若在文藝上面，正如不必平面地描寫吃飯的狀態一樣，除藝術家特別安排之外，也並無這種必要。所以尋常刊行物裡不收這項文字，原有正當的理由，不過在非賣品或有限制的出版品上，當然又是例外。

詩歌中說及支體的名稱，應當無可非議，雖然在紳士社會中「一個人只剩了兩截頭尾」，有許多部分的身體已經失其名稱。古文學上卻很是自由，如《雅歌》所說：

「你的兩乳好像百合花中吃草的一對小鹿，
就是母鹿雙生的。」
「你的肚臍如圓杯，
不缺調和的酒。」

又第四章十二節以後，「我妹子，我新婦，乃是關鎖的園」等數節，更是普通常見的寫法，據說莎士比亞在「Venus and Adonis」詩中也有類似的文章，上面所舉沈青門詞亦有說及而更為粗劣。大抵那類字句本無須忌諱，唯因措詞的巧拙所以分出優劣，即使專篇詠歎，苟不直接的涉及性交，似亦無屏斥的理由，倘若必要一一計較，勢必至於如現代生理教科書刪去一章而後可，那實在反足以表示性意識的變態地強烈了。

凡說及便溺等事，平常總以為是穢，其實也屬於褻，因為臀部也是「色情帶」，所以對於便溺多少含有色情的分子，與對於痰汗等的觀念略有不同。中古的禁欲家宣說人間的卑微，常說生於兩便之間（**Inter faeces et urinum nascimur**），很足以表示這個消息。

滑稽的兒歌童話及民間傳說中多說及便溺，極少汗垢痰唾，便因猥褻可以發笑而污穢則否，蓋如德國格盧斯（Groos）所說，人聽到關於性的暗示，發生呵癢的感覺，爆裂而為笑，使不至化為性的興奮。更從別一方面，我們也可以看出便溺與性之相關，如上文所引《雅歌》中詠肚臍之句，以及英國詩人赫列克（**Robert Herrick**）的 **To Dianeme** 詩中句云：

「**Show me that hill where smiling Love doth sit,**
Having a living fountain under it.」

都是好例。

中國的例還未能找到，但戲花人著《紅樓夢論贊》中有「賈瑞贊」一篇，也就足以充數了。所以這一類的東西，性質同詠支體的差不多，不過較為曲折，因此這個關係不很明瞭罷了。

照上面所說的看來，這四種所謂猥褻的文詞中，只有直說性交的可以說是有點「違礙」，其餘的或因措詞粗俗覺得不很雅馴，但總沒有除滅的必要。本會搜集的歌謠裡，或者因為難得，或者因為寄稿者的審慎，極缺少這類的作品，這是很可惜的事，只有白逕天先生的柳州情歌百八首，藍孕歐先生的平遠山歌二十首，劉半農的江陰船歌二十首等，算是私情歌的一點好成績。但我知道鄉間曾有性交的謎語，推想一定還多有各樣的歌謠，希望大家放膽的採來，就是那一項「違礙字樣」的東西，我們雖然不想公刊，也極想收羅起來，特別編訂成書，以供專家之參考，所以更望大家供給材料，完成這件重大的難事業。

我們想一論猥褻的歌謠發生的理由，可惜沒有考證的資料，只能憑空的論斷一下，等將來再行訂正。有許多人相信詩是正面的心聲，所以要說歌謠的猥褻是民間風化敗壞之證，我並不想替風俗作辯護，但我相信這是不確的。詩歌雖是表現作者的心情，但大抵是個反映，並非真是供狀，有一句詩道：「嘴唱著歌，只在他不能親吻的時候」，說的最有意思。

猥褻的歌謠的解說所以須從別方面去找才對。據我的臆測，可以從兩點上略加說明。其一，是生活的關係。中國社會上禁欲思想雖然不很占勢力，似乎未必會有反動，但是一般男女關係很不圓滿，那是自明的事實。

我們不要以為兩性的煩悶起於五四以後，鄉間的男婦便是現在也很愉快地過著家庭生活；這種煩悶在時地上都是普遍的，鄉間也不能獨居例外。蓄妾宿娼私通，我們對於這些事實當然要加以非難，但是我們見了中產階級的蓄妾宿娼，鄉民的私通，要知道這未必全然由於東方人的放逸，至少有一半是由於求自由的愛之動機，不過方法弄錯了罷了。

猥褻的歌謠，讚美私情種種的民歌，即是有此動機而不實行的人所採用的別求滿足的方法。他們過著貧困的生活可以不希求富貴，過著莊端的生活而總不能忘情於歡樂，於是唯一的方法是意淫，那些歌謠即是他們的夢，他們的法悅（Ecstasia）。其實一切情詩的起原都是如此，現在不過只應用在民歌上罷了。

其二，是言語的關係。猥褻的歌謠起源與一切情詩相同，而比較上似乎特別猥褻，這個原因我想當在言語上面。我在《江陰船歌》的序上曾說，「民間的原始的道德思想本極簡單不足為怪；中國的特別文字，尤為造成這現象的大原因。久被蔑視的俗語，未經文藝上的運用，便缺乏了細膩曲折的表現力；簡潔高古的五七言句法，在民眾詩人手裡又極不便當，以致變成那種幼稚的文體，而且將意思也連累了。」

這還是就尋常的情歌而言，若更進一步的歌詞，便自然愈是刺目；其實論到內容，《十八摸》的唱本與祝枝山輩所做的細腰纖足諸詞並不見得有十分差異，但是文人酒酣耳熱，高吟豔曲，不以為奇，而聽到鄉村的秧歌則不禁顰蹙，這個原因實在除了文字之外無從去找了。詞句的粗拙當然也是一種劣點。但在採集者與研究者明白這個事實，便能多諒解他一分，不至於憑了風雅的標準輒加擯斥，所以在這裡特再鄭重說明，希望投稿諸君的注意。

這一篇小文是我應《歌謠》周年增刊的徵求，費了好些另另碎碎的時刻把他湊合起來的，所以全篇沒有什麼組織，只是一則筆記罷了。我的目的只想略略說明猥褻的分子在文藝上極是常見，未必值得大驚小怪，只有描寫性交措詞拙劣者平常在被擯斥之列——不過這也只是被擯於公刊，在研究者還是一樣的珍重的，所以我們對於猥褻的歌謠也是很想搜求，而且因為難得似乎又特別歡迎。我們預備把這些希貴的資料另行輯錄起來，以供學者的研究，我這篇閒談便只算作搜集這類歌謠的一張廣告。

一九二三年十二月，北京大學《歌謠週刊》紀念增刊。

第二卷　夜神情詩

關於「市本」

《語絲》五十三期印出後，我看《小五哥的故事》的案語裡「市本」二字誤作「布本」，因此想到關於「市本」，想略加申說。

案語裡的「市本」係用作 Chapbook 一字的譯語，但市本這個名稱在故鄉是「古已有之」的。越中閨秀，識得些字而沒有看《列女傳》的力量或興趣者，大都以讀市本為消遣，《天雨花》，《再生緣》，《義妖傳》之類均是。

有喜慶的時候，古風的人家常招瞽女來「話市」，大抵是二女一男，彈琵琶洋琴，唱《雙珠鳳》等故事。照鄉間讀音稱作 Woazyr，所以我寫作「話市」，那些故事原本稱作「市本」，但是這實在都是彈詞，所以或者應作「詞本」，而話市也應作「話詞」，或更為合理也未可知。

Chapbook一語據說義云小販所賣的，譯作市本，字面尚可牽就，但實際上與中國的很不相同。他有韻文散文兩種，內容上有歷史傳說故事笑話種種，而以含有滑稽分子者為最多。

我所見的十八世紀散文市本集，一八八九年編印，凡一冊，內計二十五種，舉其有名的幾種於後，可以想見其大略。

一，《殺巨人的甲克》（「Jack the Giantkiller」）

二，《惠丁頓與其貓》（「Whittington and His Cat」）

三，《藍鬍子》（「The Blue Beard」）

四，《洛賓荷德》（「Robin Hood」）

五，《浮斯德博士》（「Dr. Faustus」）

六，《倍根長老》（「Friar Bacon」）

滑稽的一類，除《王與皮匠》等有結構的故事外，有些集合而成的東西，如《徐文長》，或《呆女婿》的故事者，有這幾種可為代表。

七，《腳夫湯姆朗》（「Tom Long the Carrier」）

八，《戈丹的聰明人》（「Wise Men of Gotham」）

九，《傻西門的災難》（「Simple Simon's Misfortunes」）

這些故事的題目大抵很長，頗有古風，也頗有趣味，如第九的全題乃是「傻西門的災難以及他的妻瑪格利的凶惡這是從結婚後的第二天清早起頭的」，喔，喔，喔，這個題目就值一個本尼，不要說裡邊的故事了。

不過，這真是平民的文學，即使是在紳士的英國，平民的趣味總是粗俗，壯健一點，所以裡邊盡多違礙字樣，是涉及犯禁的圈子內的，至於教人為非（照法律上是怎麼說的呀？）如《徐文長》者更是很多，而政府也並不禁止，仍讓人將二十五篇編印一本，定價三先令出賣。嗚呼，禮教振興，殆終不能不推我們的華土了罷。

市本中有一篇，係問答體，其名如下：

十，「從殼克來的，衣服扣在背後的，愛爾蘭人的妙語，係是英國湯姆與愛爾蘭諦格二人的雅談，附有諦格的教理問答，以及為山上水手時的告幫啟」。今將該啟譯出以見一斑，好在這個小週刊並不是專供歐私的理性的太太小姐們看的，講話不謹慎一點，或者還不大要緊，但是倘若譯得不能恰好，那麼「恕我刪去」二三十個字也是說不定的，大家千萬原諒，因為這也是執筆政者之威權呀。

告幫啟

「諸位仁人君子，請看我這個人，從一個奇異的世界，滿是苦難的地獄裡經過了來的，受過許多海上的，陸上的危險，現在卻還活著；你看我的手，彎曲的像雞爪一樣了，你只想一想我的那些苦辛與憂患，就知道這是沒有什麼奇怪了。

喔，喔，喔，諸位仁人君子。我當初也是一個像樣的人，有許多金，銀，衣服，許多黃油，啤酒，牛肉，以及餅乾。

現在我什麼都沒有了，因為被土耳其人所擄，為西班牙人所放，在及布拉太守城六十六天，一點東西都沒得吃，除了海上漂來的雜物及生的淡菜；乘船出發以後，擱淺在蠻邦海岸，落在凶惡的非洲回回的手中，我們於是被捕，被縛，用了繩，索，馬鎖，牛鍊。隨後他們割，閹，把桅杆和彈丸去個淨盡；你伸進手去摸一摸看，同坤造一樣地光，在那杈骨旁邊，除了那天然的以外什麼也不見的。

後來我們逃出走到亞拉伯的荒野大沙漠，我們和野驢一同生活，吃風，沙，和沒有汁的菱角過日子。以後我們坐在一間破屋子裡開始飄洋，在雲的上頭和下頭亂滾，被那猛風，粗風，靜風，逆風吹著，通過許多大小樹林，一直到末了擱淺在沙利伯里平原，撞在一棵白菜根上把屋船碰得粉碎。

現在我請求你們，諸位仁人君子，以仁濟為懷，布施給我一百方牛肉，一百塊黃油，以及乾酪，一箱餅乾，一大桶啤酒，一小桶甜酒，一桶蒲陶酒，一塊金子，一片銀子，幾枚一分或半分的銅元，一瓶牛乳，一雙舊褲子，襪，或皮鞋，或者一服旱煙也好。」

譯完之後，歎了一口氣，覺得安心不少，因為看起來還不十分違礙，而且又想到北京有些公開的圖像也都是閹割過的，大家看了絕不以為奇（從前《改造》上的表紙圖案卻引起不少非議），那麼這《告幫啟》裡的話自然也很平常，而或者還有點官學的（academical）正派氣味呢。

這篇東西寫了的第二天，萬羽君來談，說及故鄉的周敦夫的「平調」，潘秀女的「花調」等，便記起那些瞽女大都聚居城內的馬梧橋一帶，招牌上寫著

「三品詞調」四字，因此覺得「話詞」一語必須這樣寫，而《天雨花》等的總名也當作「詞本」。上文云「市本」的名稱古已有之，理當撤銷，但這兩個字留作 Chapbook 的譯語，似乎也還可以用。

一九二五年十一月十八日追記一節。

談目連戲

吾鄉有一種民眾戲劇，名「目連戲」，或稱曰「目連救母」。每到夏天，城坊鄉村醵資演戲，以敬鬼神，禳災厲，並以自娛樂。所演之戲有徽班，亂彈高調等本地班；有「大戲」，有目連戲。末後一種為純民眾的，所演只有一齣戲，即《目連救母》，所用言語係道地土話，所著服裝皆極簡陋陳舊，故俗稱衣冠不整為「目連行頭」；演戲的人皆非職業的優伶，大抵係水村的農夫，也有木工瓦匠舟子轎夫之流混雜其中，臨時組織成班，到了秋風起時，便即解散，各做自己的事去了。

十六弟子之一的大目犍連在民間通稱云富蘿蔔，據《翻譯名義集》目犍連，「《淨名疏》云，《文殊問經》翻『萊茯根』，父母好食，以標子名。」可見鄉下人的話也有典據，不可輕侮。富蘿蔔的母親說是姓劉，所以稱作「劉氏」。劉氏不信佛法，用狗肉饅首齋僧，死時被五管鑞叉擒去，落了地獄，後來經目連用盡法力，才把她救出來，這本戲也就完結。計自傍晚做起，直到次日天明，雖然夏夜很短，也有八九小時，所做的便是這一件事；除首尾以外，其中十分七八，卻是演一場場的滑稽事情，算是目連一路的所見，看眾所最感興味者恐怕也是這一部分。鄉間的人常喜講「舛辭」及「冷語」，可以說是「目連趣味」的餘流。

這些場面中有名的，有「背瘋婦」，一人扮面如女子，胸前別著一老人頭，飾為老翁背其病媳而行。有「泥水作打牆」，瓦匠終於把自己封進牆裡去。有「□□挑水」，訴說道：

「當初說好的是十六文一擔，後來不知怎樣一弄，變成了一文十六擔。」所以挑了一天只有三文錢的工資。有「張蠻打爹」，張蠻的爹被打，對眾說道：

「從前我們打爹的時候，爹逃了就算了。現在呢，爹逃了還是追著要打！」

這正是常見的「世道衰微，人心不古」兩句話的最妙的通俗解釋。

又有人走進富室廳堂裡，見所掛堂幅高聲念道：

「太陽出起紅溯溯，
新婦滹浴公來張。
公公唉，角來張：
婆婆也有哼！
（Thaayang tsehchir wungbarngbang，
Hsingvur huuyoh kong letzang；
『Kongkong yhe，forng letzang，
Borbo yar yur hang！』）
唔，『唐伯虎題』！高雅，高雅！」

這些滑稽當然不很「高雅」，然而多是壯健的，與士流之扭捏的不同，這可以說是民眾的滑稽趣味的特色。我們如從頭至尾的看目連戲一遍，可以瞭解不少的民間趣味和思想，這雖然是原始的為多，但實在是國民性的一斑，在我們的趣味思想上並不是絕無關係，所以我們知道一點也很有益處。

還有一層，在我所知道的範圍以內，這是中國現存的唯一的宗教劇。因為目連戲的使人喜看的地方雖是其中的許多滑稽的場面，全本的目的卻顯然是在表揚佛法，仔細想起來說是水陸道場，或道士的「煉度」的一種戲劇化也不為過。我們不知道在印度有無這種戲劇的宗教儀式，或者是在中國發生的國貨，也未可知，總之不愧為宗教劇之一樣，是很可注意的。滑稽分子的喧賓奪主，原是自然的趨勢，正如外國間劇（Interlude）狂言（Kyogen）的發生一樣，也如僧道作法事時之唱生旦小戲同一情形罷。

可惜我十四歲時離開故鄉，最近看見目連戲也已在二十年前，而且又只看了一小部分，所以記憶不清了。倘有篤志的學會，應該趁此刻舊風俗還未消滅的時期，資遣熟悉情形的人去調查一回，把腳本紀錄下來，於學術方面當不無裨益。英國茀來則（Frazer）博士竭力提倡研究野蠻生活，以為南北極探險等還可以稍緩，因為那裡的冰反正不見得就會融化。中國的蒙藏回苗各族生活固然大值得研究，就是本族裡也很多可以研究的東西，或者可以說還沒有東西曾經好好的整理研究過，現在只等研究的人了。

一九二三年二月

香園

一

理查白登（Sir Richard Burton 1821—1890）是英國近代的大旅行家，做過幾任領事，後授勳爵，但他的大膽不羈卻完全超出道學的紳士社會之外。據說有一回格蘭斯敦講演，大談東方事情，大家屏息謹聽，白登獨起來說道：「格蘭斯敦先生，我告訴你，你所說的話，都完全絕對與事實相反。」鄰坐的人便將一張紙片塞在他的手裡，上邊寫道：「勿反對格蘭斯敦先生。此為從來所無。」

但白登的名譽（在別方面說也可以算是不名譽）據我們看起來卻更偉大地建築在他的《一千一夜》全譯與箋注上，只可惜沒有錢買一部舊書來看，單是聞名罷了。亞拉伯有這一部奇書，是世界故事的大觀；波斯另有一部東西，也不愧為奇書，這就是藹理斯在他的大著裡時常說起的《香園》。據美國加耳佛頓著《文學上之性的表現》（Calverton，Sex expression in literature 一九二六）說。

「白登盡力於《香園》之翻譯，自己說是文學工作中的最上成績，死後卻被他的妻毀掉了，她辯護這種瘋狂的行為說，她希望他的名譽永遠無疵瑕地存在。她又把白登的羅馬詩人加都路思的未完譯本，日記筆記一切稿件，都同《香園》燒掉，以為這是盡她賢妻的責任。白登的妻這樣凶猛地毀滅貴重的文稿，其動機是以中產階級道德為根據，而使白登去翻譯像《香園》這種淫書的動機，當然是非中產階級的了。」

我在這裡不禁聯想到刻《素女經》等書的故葉德輝先生了。這些書，自然都是道士造出來的，裡邊有許多荒謬的話，但也未必沒有好的部分，總不失為性學的好資料，葉氏肯大膽地公表出來，也是很可佩服的——所可怪的是，他卻是本來「翼教」的，當然是遵守中產階級道德，這是一個很大的矛盾。不過這個謎或者也還不難明瞭，葉氏對於這些書的趣味大約只在於採補一方面，並不在於坦白地談性的現象與愛之藝術，有如現代常識的人們所見。據京津報上所載，葉氏已在湖南被槍斃了。

為什麼緣故呢，我們不知道。我希望總不會是為了刻那些書的緣故罷？中國有最奇怪的現象，崇奉聖道的紳士，常有公妻（自然是公人家的）之行為，平時無人敢說，遇有變亂便難免尋仇，這是很常見的。日本的機關《順天時報》最喜造謠，說中國某處公妻，卻不知中國老百姓是最不願公妻的，決不會發生這種運動，只有紳士與大兵有時要試他一試，結果常常是可怕的反動，古語所謂民變，前年河南紅槍會之屠殺陝軍，即是明證，別處地方之迫害紳士也多少與這個有關。在中國的日本報專以造謠為事，本來不值得計較，只是因葉德輝的事連帶說及，並非破工夫和他對說，要請讀者原諒。

二

我前曾說起亞拉伯的奇書《香園》，近日於無意中得到一本。藹理斯在《性心理之研究》第六冊五一三頁上說：

「一經受了基督教底禁欲主義底洗禮以後，愛情便不再是，如同在古代一樣，一種急需培養的藝術，而變為一種必須診治的病症，因此上古尊崇愛底藝術之精神之承繼者，不是耶教化的國家，而是回教化的地方了。奈夫蘇義（Nefzaoni）底《馥郁的田園》大概是十六世紀在特尼斯（Tunis）城的一位著作家所作的，他底卷首語就很明瞭地表示給我們，愛情並不是一種疾病：感謝神，他把男子底最大的愉快放在女人的身上，並且使女人能夠從男子底身上獲得最大的快樂。」（採用漢譯《愛底藝術》十三頁譯文，但文字上略有改動，卷首語查原書說的非常率直，比藹理斯所引還要直說，現在索性改得含混一點了。）

我所有的這一本書，題名「怡神的香園」，奈夫札威上人（Shaykh Nafzawi）原著，全書凡二十一章，這是三卷中之第一卷，僅有首三章，及序文一百十一頁。第一章論女人所珍賞的男子，第二章論男子所愛重的女人，第三章論為女人所輕蔑的男子，各以《一千一夜》式的故事申明之。卷首譯者引理查白登語曰，「這不是給嬰孩看的書。」此書在歐洲出版皆非公開，唯照我們的眼光看去，其故事之描寫雖頗直率，在中國舊小說中並非稀有，故亦不足驚異，但與中國淫書有一相差極遠的異點，即其態度全然不同。

中國的無聊文人做出一部淫書，無論內容怎樣恣肆，他在書的首尾一定要說些謊話，說本意在於闡發福善禍淫之旨，即使下意識裡仍然是出於縱欲思想，表面總是勸懲，所說的也就更是支離了。奈夫札威上人的意思卻在編一部戀愛的教科書，指導人應該如此而不應該如彼，他在開始說不雅馴的話之先，恭恭敬敬地要禱告一番，叫大悲大慈的神加恩於他，這的確是明澈樸實的古典精神，很是可愛的。

我又曾見到一本印度講「愛之術」（Ars Amatoria，用中國古語應譯作房中術）的書，德人須密特所譯，名為 Das Ratirahasyam（欲樂秘旨），共十五章，首論女人的種類，末列各種藥方，與葉德輝所輯的《素女經》等很是相像，但與中國也有一個極大的異處，就是這位「博學詩人」殼科加君（Sri Kokkoka）並不是黃帝彭祖之徒，希望白日飛升的，所以他說的只是家庭——至多也是草露間的事，並沒有選鼎煉丹這種荒唐思想。

我們看過這些書，覺得很有意思，不僅滿足了一部分好奇心，比看引用的文字更明白他的真相，又因此感到一件事實，便是中國人在東方民族中特別是落後；在上面的兩個比較上可以看出中國人落在禮教與迷信的兩重網裡（雖然講到底這二者都出薩滿教，其實還是一個），永久跳不出來，如不趕緊加入科學的光與藝術的香去救治一下，極少解脫的希望。其次覺得有趣味的是，這些十五六世紀的亞拉伯印度的古怪書裡的主張很有點與現代相合。

靄理斯在他的大著上早已說過，隨後經斯妥布思女士的鼓吹，在文明社會（這當作如字講，我並不含有一點反意）差不多都已瞭解，性的關係應以女性為主，這一層在那異教徒們所提倡的似乎也是如此。文明社會如能多少做到這樣，許多家庭與戀愛的悲劇可以減少，雖然全體的女子問題還須看那普天同憤神人不容的某種社會改革能否實現才能決定，我們此刻無須多嘴的了。

十六年八月五日，於北京。

違礙字樣

不知怎麼的，做書或文章的人總喜歡用「違礙字樣」，多的連篇累頁，少的也有一句半句，有的擾亂治安，有的則壞亂風俗，更足為人心世道之憂。維持禮教為職的政府，對於這些文書不能不有相當的處置，這是很明瞭的事。

其辦法有二，一是全部的禁止，一是部分的刪削。禁止，便如南開中學之下令沒收《情書一束》等五種「淫書」，是很乾脆的，但也就很簡單，沒有什麼花樣可說。刪削，可就大不相同了。在清朝有所謂抽毀的辦法，或者更寬一點，變成存文而除名，我曾見一部尺牘中有幾封信的作者是一個方框。「洋務」我本不很熟悉，但看丹麥勃闌台思博士的紀錄，覺得俄帝國的方法倒是頗有意思的。勃博士往波蘭去，攜有好些法文書籍，入境時被該管官廳拿去檢查，後來領回一看，有許多地方都被用墨塗得「漆黑一團」了！

據說這還算是好的，因為背面的一頁都可以看，有些是用剪刀來剪，把背面不違礙的話也附帶了去。日本除了在他們眼睛裡看去是「赤色」的以外，原文的書籍似乎不很禁止輸入，雖然山格與斯妥布思兩位女士的大著聽說是不准上岸的。文學方面就是所謂「自然主義」的小說也還寬容，可是在譯本上就大大的不然了。大約是內務省警保局所管的罷，有專門檢閱的官，拿起朱筆來在印刷樣本上一抹，這一部分就不行，若想平平安安地出版便非把他刪去不可。

有些譯本自然就刪去完事，有些卻不贊成，因為主張忠實於原本起見，乃改用「伏字」，於是讀到一處，其文為若干點點點，圈圈圈，或叉叉叉，其數與逸文相等，旁邊仍有標點符號。有一個時候忽然神經過敏，連「子宮」都不敢（或准）寫（自然不是小說而係紀事或廣告），卻避諱作「子×」，實在奇怪得很——中國西醫創造新字，稱子宮為「孑」旁加一「宮」字，原也有同樣的奇怪。幸而現在這種怪現象似乎已經沒有了。以後或者是輪到中國身上，大家要避起這樣的諱來了罷？

英美對於這些事情的謹慎，是由於檢閱官的吩咐，還是譯者的自動的主持呢，我全不知道，總之，譯本的刪削是常有的。他們大抵簡直地跳過去，並不說一聲對不起。至於古典文學，或者因為譯者多少有點學究氣，對於原本總想忠實，所以多不逕自刪削而採用伏字的辦法。不過這個伏字法與日本的不大相同。

我見過一本波加屈（Boccaccio）的《十日談》，有幾節沒有譯出，保留義大利原文，完全看不懂；還有一回從子威君借來貝忒洛紐思（Petronius，即《你往何處去》裡邊的俾東）的一卷小說，也是這樣，有兩三章簡直全體是拉丁文。秋節前領到民國十四年四月分薪之六成一，跑到久違的北京飯店去，想買一本書壓壓這一節的買書賬，結果同書店的小掌櫃磋商之後，花了五塊半錢，買到一冊 Loeb 古典叢書裡的《達夫尼思與赫洛蔼》（Daphnis et Chloe）。

這是希臘英文對譯的，卷末還附有巴耳台紐思（Parthenius）的戀愛小說梗概（原名「關於情難」）三十六篇。我原有一本對譯的《達夫尼思》，但是中有缺略，大約因為在現代文明紳士聽了有點不很雅馴之故罷。查新得本卷三第十四節以下，原文是完全的，但是——唔，英譯呢是沒有了，在那裡的乃是一行行的拉丁譯文，一眼看去倒似乎不大奇異，因為上下都是用的羅馬字。這回頗引起了好奇之心，想知道這所隱藏的到底是怎樣的話，用了一點苦工把他查了出來，原來是說一個少婦教牧童以性交的姿勢及說明，在現代講性欲的書冊裡是絕不足奇的。

多謝古典語的質素，他的說法總是明白而不陋劣。卷三之十九，少婦呂愷尼恩對達夫尼思說，「你記住，我現在赫洛藹之先將你做成一個男人了。」這些頗有古牧歌的風味。

卷四末節敘二人之結婚云：「達夫尼思與赫洛藹共臥，互抱接吻，這一夜幾乎沒有睡覺，像貓頭鷹一樣。達夫尼思應用了呂愷尼恩所教他的事，赫洛藹也才知道以前在樹林中所玩的只是兒童的遊戲。」這在「古典叢書」中是有英譯的，但原本在人名底下有一個字曰 Gymnoi，係主格複數的形容詞，意云裸體，在英譯中卻沒有，我的譯文裡也覺得放不進去了。這種地方或者可以看出文字之力量有高下，但不見得便能成為譯文可以刪減或隱藏的證據罷。

一九二六年十月

上海氣

我終於是一個中庸主義的人：我很喜歡閒話，但是不喜歡上海氣的閒話，因為那多是過了度的，也就是俗惡的了。

上海灘本來是一片洋人的殖民地；那裡的（姑且說）文化是買辦流氓與妓女的文化，壓根兒沒有一點理性與風致。這個上海精神便成為一種上海氣，流布到各處去，造出許多可厭的上海氣的東西，文章也是其一。

上海氣之可厭，在關於性的問題上最明瞭地可以看出。他的毛病不在猥褻而在其嚴正。我們可以相信性的關係實佔據人生活動與思想的最大部分，講些猥褻話，不但是可以容許，而且覺得也有意思，只要講得好。這有幾個條件：一有藝術的趣味，二有科學的瞭解，三有道德的節制。同是說一件性的事物，這人如有了根本的性知識，又會用了藝術的選擇手段，把所要說的東西安排起來，那就是很有文學趣味，不，還可以說有道德價值的文字。否則只是令人生厭的下作話。上海文化以財色為中心，而一般社會上又充滿著飽滿頹廢的空氣，看不出什麼饑渴似的熱烈的追求。

結果自然是一個滿足了欲望的犬儒之玩世的態度。所以由上海氣的人們看來，女人是娛樂的器具，而女根是醜惡不祥的東西，而性交又是男子的享樂的權利，而在女人則又成為污辱的供獻。

關於性的迷信及其所謂道德都是傳統的，所以一切新的性知識道德以至新的女性無不是他們嘲笑之的，說到女學生更是什麼都錯，因為她們不肯力遵「古訓」如某甲所說。上海氣的精神是「崇信聖道，維持禮教」的，無論筆下口頭說的是什麼話。他們實在是反穿皮馬褂的道學家，聖道會中人。

自新文學發生以來，有人提倡「幽默」，世間遂誤解以為這也是上海氣之流亞，其實是不然的。幽默在現代文章上只是一種分子，其他主要的成分還是在上邊所說的三項條件。我想，這大概就從藝術的趣味與道德的節制出來的，因為幽默是不肯說得過度，也是Sophrosune——我想就譯為「中庸」的表現。

上海氣的閒話卻無不說得過火，這是根本上不相像的了。

上海氣是一種風氣，或者是中國古已有之的，未必一定是有了上海灘以後方才發生的也未可知，因為這上海氣的基調即是中國固有的「惡化」，但是這總以在上海為最濃重，與上海的空氣也最調和，所以就這樣的叫他，雖然未免少少對不起上海的朋友們。這也是復古精神之一，與老虎獅子等牌的思想是殊途同歸的，在此刻反動時代，他們的發達正是應該的吧。

十五年二月二十七日，於北京。

答芸深先生

芸深先生：

來信對於曼殊深致不滿，我亦有同意處，唯慮於青年有壞影響，則未必然。曼殊是一個很有天分的人，看他的絕句與小品文，可以知道，又生就一副浪漫的性情，頗足以代表革命前後的文藝界的風氣；但是他的思想，我要說一句不敬的話，實在不大高明，總之還逃不出舊道德的樊籬——這在詩人或者是難免的？即如白采君的《絕俗樓我輩語》中也常見到舊時代的舊話。

我不相信文學有什麼階級可分，但文學裡的思想確可以分出屬於某一階級某一時代的，如封建時代或有產階級之類，中國現今的道德觀念多半以私產制度為標準，所以世俗對於親子男女間的思想也純粹建立在這上面。

我不相信詩人應當是「先知」，拿著十字架在荒野上大叫，但有健全的思想的詩人總更使我喜歡，郭沫若先生在若干年前所說「詩人須通曉人類學」（大意如此）這一句話，我至今還是覺得很對；法國都德（A. Daudet）關於兩性問題說過愚話，我就有點不敬，覺得他真是有產階級的人，無論他實在有沒有產，雖然他的短篇還是可以愛讀，正如說謊的廚子所做的包子之無礙其為好吃也。

曼殊思想平常，或者有點像舊日讀書人（彷彿是胡適之博士也曾在《新青年》通信上痛罵過《絳紗記》），他的詩文平心說來的確還寫得不錯，或者可以說比一般名士遺老還要好些，還有些真氣與風致，表得出他的個人來，這是他的長處。先生說曼殊是鴛鴦蝴蝶派的人，雖然稍為苛刻一點，其實倒也是真的。鴛鴦蝴蝶派的末流，誠然是弄得太濫惡不堪了，但這也是現代中國在宣統洪憲之間的一種文學潮流，一半固然是由於傳統的生長，一半則由於革命頓挫的反動，自然傾向於頹廢，原是無足怪的，只因舊思想太占勢力，所以漸益墮落，變成了《玉梨魂》這一類的東西。

文學史如果不是個人的愛讀書目提要，只選中意的詩文來評論一番，卻是以敘述文學潮流之變遷為主，那麼正如近代文學史不能無視八股文一樣，現代中國文學史也就不能拒絕鴛鴦蝴蝶派，不給他一個正當的位置。

曼殊在這派裡可以當得起大師的名號，卻如儒教裡的孔仲尼，給他的徒弟們帶累了，容易被埋沒了他的本色。《語絲》上講起他來，也只是隨便談談，或者想闡明一點真相，這個意思在執筆的人也是有的，此外並無提倡或推崇的意味。語絲社並沒有一個固定的要宣傳或打倒的東西，大家只在大同小異的範圍內各自談談，各人的主張，由本人負責，全是三不管的辦法；自然，有些話是決不說的，例如獅子牌老虎牌等雜誌的話頭。我們希望讀者只看了當作參考，如聽朋友的談天，不要不經過自己的判斷而就相信。

因此我覺得《語絲》上談論曼殊是不會給予青年以不良影響的，這是我與先生意見不同的地方。事實上，現今的青年多在鴛鴦蝴蝶化，這恐怕是真的。但我想其原因當別有在，便是（1）上海氣之流毒，（2）反革命勢力之壓迫，與革命前後很有點相像。總之，現在還是浪漫時代，凡浪漫的東西都是會有的。何獨這一派鴛鴦蝴蝶呢？現在高唱入雲的血淚的革命文學，又何嘗不是浪漫時代的名產呢？

十六年五月三十日，豈明，於北京。

文學談

日文報上有人批評一篇小說（當然也是日本人所做的），說這是無產階級文學家的作品，但看他的婦女觀戀愛觀還全是舊式的頹廢思想，所以不免是個疑問。我覺得這句話說得很有意思。在無產階級運動裡，勞工與婦女的運命要同樣地起一個大變化，他的利益決並不限於嗟窮訴苦的一班讀書人（男子）之得志，這大約是誰都承認的。倘若只因自己不得意的緣故，想發牢騷，自稱無產階級，思想上卻毫無改變，還是信奉夫為妻綱，把女人當作私有的一種器具，那實在與道學家相去無幾，他們也終只是舊式文人的變相罷了。

我想文學裡不會有什麼階級，但所表現出來的，可以是屬於某一階級或時代的精神，文字形式也可以因了內容而有若干的差異。現今彌漫於上下的，的確是資產階級的思想，以私產制度為根基的道德與風俗，例如偏重女性貞操，納妾蓄婢，宿娼等之公認及謳歌，都是明證，同時也有極少數人起來反對，在文藝上可以看出這種「反有產階級思想」之痕跡——我不稱他為無產階級思想，因為我覺得這不是階級的問題，雖然這多少與實際的社會運動先後發生，但這些人未必以階級意識為主動，實在只是其思想態度與因襲的資產階級思想相反，故出於反抗的舉動。

在中國，有產與無產這兩階級儼然存在，但是，說也奇怪，這只是經濟狀況之不同，其思想卻是統一的，即都是懷抱著同一的資產階級思想。無產階級而抱著資產階級思想?!是的，我相信這是實情。貧賤者的理想便是富貴，他的人生觀與土豪劣紳是一致的，其間的關係只是目前的地位，有如微時的漢高祖楚霸王之於秦始皇。中國資產階級弄許多婢妾，表面上加上一點聖賢之話做修飾，如不孝有三無後為大之類，無產階級的婦女觀大要相去不遠，或者不過說得還要老實顯露一點而已。

現在如以階級本位來談文學，那麼無產階級文學實在與有產不會有什麼不同，只是語句口氣略有差異，大約如白話的一篇《書經》，仍舊是鬼話連篇。

正如一個亭長出身的劉邦補了秦王的缺，不能就算社會革命，把那些古老思想從民眾口裡（或憑了民眾之神聖的名）重說出來，也不見得就可以算是文學革命了。有產者未必能贊成反資產階級思想的潮流，但無產的智識階級我想至少也應離開資產階級思想的泥溝，振作一番才好。日本有些自稱無產階級文學家，差不多就是以貧賤驕人的舊式名士，甚矣傳統之力之強大也。吾中國其亦以此為鑒也可。

十六年六月二十日。

希臘的小詩

希臘的小詩，平常大抵指那「詩銘」（Epigramma）。詩銘最初用於造像供品及墓石上，所以務取文詞簡約，意在言外。古人有一首詩說得最妙，原意云：

（1）詩銘兩行是正好，倘若過三行，你是唱史詩，不是做詩銘了。

羅馬人從希臘取去了詩銘的形式，卻多用在諷刺上面，於是內容上生了變化；拉丁文學裡的詩銘的界說是這樣的：

（2）詩銘像蜜蜂，應具三件事：一是刺，二是蜜，三是小身體。

後來歐洲詩人做詩銘者，多應用這項說法，但這實在只是後起的變化，不是詩銘的本色；在希臘詩人看來，他的條件只是簡煉一種而已。這一篇裡所引，並不限於狹義的詩銘，並包含格言詩戀愛詩及斷片在內，因為這些詩雖然種類不同，簡煉的特色原是一樣，所以我便把他們統稱作小詩了。

二千四百年前，三百個斯巴達人守溫泉峽（Thermopylae），與五百萬的波斯大軍對抗三日，全數戰死，詩人西蒙尼台斯（Simonides）為作墓誌云：

（3）外方人，為傳語斯巴達人，

我們臥在此地，依照他們的規矩。

這是世界知名的小詩，不但表出斯巴達人的精神，那希臘文化所特有的「節制」之德也就在文藝上明白的表現出來了。但他也能作深刻的諷刺，這是他替當時的無賴詩人帖木克勒恩假作的墓銘：

（4）羅兌斯人帖木克勒恩臥此，他吃過許多，喝過許多，說過許多壞話。

女詩人薩普福（Sappho）生在基督前六世紀時，以抒情詩著名，《希臘詩選》中存有詩銘三首，今取其一。

（5）漁人貝拉剛的〔墓〕上，父親門尼科思安置了漁網和槳——辛苦生活的紀念。

哲人柏拉圖（Platon）少年時做過許多詩，現在把他最有名的兩首譯出在下面：

（6）

以前你是晨星，照過人間，

現在死去，在死人中輝耀如長庚。

（7）

我的星，你正在看星，我願得

化身為天空，用許多的眼回看你。

第一首是傷逝的詩，因為女人叫亞斯德耳（Aster 義云星），所以很巧妙的用了啟明與長庚來襯帖她。第二首是普通「我願」式的情詩，但也做得非常巧妙，這彷彿是對月思人一類的動機，唯青白的月光普遍的有幾乎能使人瘋狂的魔力，現在卻只是詩人空靈的思致所造出的罷了。

我的星，猶云我的運命，是情人的一個極好的代名詞；因為古人相信誕生時值日的星宿主宰他一生的禍福，所以有占星術等去查考這些關係。希臘文學雖是理想地富美，但雅典時代以來的「詞章學」，正如一切詞章學一樣，在好影響以外也給予壞的影響；這固然以在後世為最顯著，我們看柏拉圖的小詩也就覺得美妙而近於危險，到了文藝復興末期的詩人手裡，不免變為纖巧穿鑿的「雅體」了。

（8）我送乳香給你，並不教他去熏你，只是望他因你而更香。

這是無名氏的一首詩，與上邊的正是一類。以下是薩普福的幾章斷片，關於這個譯文，我想帶便說明一句。我相信只有原本是詩，不但是不可譯，也不可改寫的。誠實的翻譯只是原詩的講解，像書房裡先生講唐詩給我們聽一樣，雖是述說詩意，卻不是詩了。將自己的譯本當作詩，以為在原詩外添了一篇佳作，那是很可笑雖然也是可恕的錯誤；——凡有所謂翻譯的好詩都是譯者的創作，如菲孜及拉耳特的波斯詩，實在只是「讀唵瑪哈揚而作」罷了。因此我們的最大野心不過在述說詩意之外，想保存百一的風韻，雖然這在譯述希臘詩上明知是不可能的事。薩普福詩盡散逸，以下五節皆係斷片，並非完全的。

（9）

月落了，昴星也降了，

正是夜半，時光過去了，

我獨自睡著。

（10）

愛搖我的心，

〔有如〕山風落在橡樹上頭。

（11）

愛搖動我——融化支體的愛，

苦甜，不可抗的物。

（12）

正如甘棠在樹頂上發紅，

在樹頂的頂上，所以採果的人忘記了；

不，不是忘記，只是夠不著。

（13）

黃昏呀，你招回一切，光明的早晨所驅散的一切，

你招回綿羊，招回山羊，招回小孩到母親的旁邊。

（14）

我將編白地丁，將編柔軟的木水仙

和桃金娘，我將編那微笑的百合，
將編甜美的番紅花，更編入紫的風信子，
將編那戀人們所愛的薔薇——
戴在香髮的日惠的鬢上，
當作華鬘飾她的豐美的長髮。

這一首是二千年前時人美勒亞格羅思（Meleagros）所作，寄其戀人日惠（Heliodora）者；他是個東方人而受希臘的文化教育，所以頗能代表亞力山大時代的文學傾向。以下一首無名氏的詩，大約也是同時代之作。

（15）
蒲桃尚青的時候你拒絕了我；
蒲桃熟了，你傲然走過去；
但不要再吝惜一球罷，
現在蒲桃已要乾枯了。

（16）
同我飲酒，同年少，同戀愛，同戴華冠，

狂時同我狂，醒時同我醒。

這是飲酒歌之一。有一首格言詩，云係西蒙尼台斯之作，頗能同樣的表出希臘人的現世主義的思想。

（17）

健康是生人的第一幸福，其次是先天的美，第三是正當的富，第四是友朋間常保年少。

但是厭世思想也常佔有詩人的心田，發出悲痛的歌，在衰亡時代為尤甚，下列三首都屬此類。為詩人自悼之詩，末一首更為簡括。

（18）

我裸體來到地上，又將裸體走往地下，為甚麼還要徒勞，既知究竟只是裸體。

（19）

我的名字——這算什麼？

我的籍貫——這又算什麼？

我的門第是高貴的。但倘若是卑賤呢？

我生前榮顯。但倘若是屈辱呢？
我現在臥在此地。誰會把這些事告訴別人？

（20）
不曾有過——我今生了；
曾經有過——我今不存了：如是而已。
如有人不是這樣說，他是說誑。
我將不復存了罷。

以上二十章中，第四第八及十五這三首係從英文重譯的，所以或者不甚確，也未可知。其餘都努力保存他的原意，但可惜能保存的也只是原意罷了。第十九首原只四行，因排列便利，將第一行分作兩半；第二十首原只兩行，現在卻寫成四行了。又有四篇，在《論小詩》上曾經引用過，但今經改譯，字句上稍有不同了。

一九二三年七月

希臘的小詩（二）

一、贈所歡

Phainetai moi kenos isos theoisin.

——Sappho

我看他真是神仙中人，
他和你對面坐著
近聽你甜蜜的談話，
與嬌媚的笑聲；
這使我胸中心跳怦怦。

我只略略的望見你，
我便不能出聲，
舌頭木強了，
微妙的火走遍我的全身，
眼睛看不見什麼，
耳中但聞嗡嗡的聲音，
汗流遍身，
全體只是顫震，
我比草色還要蒼白，
衰弱有如垂死的人。
但是我將拼出一切，
既是這般不幸。……

我真是十二分的狂妄，這才敢來譯述薩普福的這篇殘詩。像斯溫朋（Swinburne）那樣精通希臘文學具有詩歌天才的人還說不敢翻譯，何況別人，更不必說不懂詩的我了。然而，譯詩的人覺得難，因為要譯為可以與原本相比的好詩確是不可能，我的意思卻不過想介紹這二千五百年前的希臘女詩人，譯述她的詩意，所以還敢一試，但是也不免太大膽了。我不相信用了騷體詩體或長短句可以譯這篇詩，也還不知道用中國語可否創作「薩普福調」——即使可以，也在我的能力以外，不如索性用散文寫出較為乾淨，現在便用這個辦法。

薩普福（Sappho＝ㄙㄚㄆㄈㄛ，在詩中自稱為 Psappho）生於基督前五世紀，當中國周襄王時，柏拉圖稱之為第十文藝女神。據說雅典立法者梭倫（Solon）聞侄輩吟薩普福的詩，大悅，即令傳授，或問何必亟亟，答云「俾吾得學此而後死」。《希臘詩選》中錄其小詩三首，序詩云：「薩普福的（詩）雖少而皆薔薇」（Sapphous baia men alla rhoda），推重備至。

她的詩本有九卷，後為教會所禁毀，不傳於世，近代學者從類書字典文法中搜集得百二十餘則，多係單行片句，完全的不過什一而已。在十行以上者只有兩首，現在所譯即是其中之一。

這首詩普通稱作 Eis Eromenan，譯云「贈所歡」（女子），見三世紀時朗吉諾思（Longinus）著《崇高論》（Peri Hypsous）第十節中。著者欲說明文章之選擇與配合法，引此詩為例，末了說道：「這些徵候都是戀愛的真的結果，但此詩的好處如上邊所說，卻在於把最顯著的情狀加以精審的選擇與配合。」所以反過來說，也可以說這是相思病（與妒忌）之詩的描寫，頗足供青年之玩味也。

這詩裡有一點奇怪的地方，便是所謂所歡乃指一女友（Hetaira），後人謂即是亞那克多利亞（Anaktoria）；據說薩普福在故鄉列色波思講學，從者百許人，有十四女友及女弟子（Mathetriai）最相親，亞那克多利亞即其一人。因這個關係，後世便稱女子的某種同性戀愛為Sapphism，其實不很妥當，女友的關係未必是那樣變態的，我們也不能依據了幾行詩來推測她們的事情。總之這既是一篇好詩，我們只要略為說明相關聯的事，為之介紹，別的都可以不管了。

原詩係據華敦的《薩普福集》第四板重印本（Wharton，Sappho，一九〇七）。

三月十七日附記。

二、戲譯柏拉圖詩

He sobaron gellassa kath Hellados, he ton eraton
Hesmon eni prothurois Lais ekhousa neon,
Tei Papaiei to katoptron epe: toie men horasthai
Ouk ethele, hoie d'en paros ou dunamai.
——Platon

我拉伊思，
昔日裡希臘島容我恣笑傲，
門巷前諸年少都為情顛倒；
我現在把這銅鏡兒，
獻進在神女廟：
我不願見今日的鶴髮雞皮，

又不能見昔年的花容月貌。

這一首詩見於《希臘詩選》，據說是梭格拉底的大弟子柏拉圖所作，但近代考訂學者，都說不很的確，總之比那大柏拉圖要遲一點，雖然不失其為名詩之一。拉伊思係古代希臘有名妓女，大約與柏拉圖同時，關於她有好些故事流傳下來。她在雅典，名動一時，賢愚老幼群趨門下，冀求親近，犬儒迭阿該納思甚見寵幸，雕刻家牟孔往見被拒，染白髮為棕色，再往，拉伊思笑語之曰：「愚哉，昨日你的老子來，我已拒絕他了，你也來學他麼？」後拉伊思往斯巴達，亦甚有名，為婦女們所恨，一日被殺於愛神廟中，時為基督前三百四十年頃云。

古人獻納或造像，率有題詞，唯拉伊思獻鏡當係後人擬題，據上述傳說，她未必活到古稀——雖然這樣的考證未免有點像癡人說夢。這四行詩照例用了希臘人的幾乎吝嗇似的說法，很簡要地做成，直譯出來是這樣的意思：

「我拉伊思，曾笑傲於希臘之上，有年少歡子，群集門前，今將鏡子獻給巴菲亞女神：因我之今所不願見，我之昔又不能見了。」

把我的前面的譯文拿來一比較，實在可以說是太「放誕」了。但是在康忒伯利詩人叢書本中見到伽納忒博士（Richard Garnett）的一篇譯詩，覺得放誕一點的也並非沒有。其詞曰：

Venus, from Lais, once as fair as thou,
Receive this mirror, useless to me now,
For what despoiling Time hath made of me
I will not, what he married I cannot, see.

不過這總不大足以為訓，況且好好一篇古典的作品，給我把它變成一種詞餘似的東西，不必說文詞不高明，就是格調也大異了：這種譯法真如什師娶親不足為法，所以我聲明「戲譯」，戲者不是正經工作之謂也。

十五年二月十七日。

三、讀本拔萃

閱美國亞倫教授的《第一年希臘文》，是一本很好的大學用教科書，從字母講起，但末了便可接讀克什諾封（Xenophon）的《行軍記》。書中引用的文章，除文學歷史外還有歐克勒得思的三四課幾何！第七十課中引美勒亞格羅思（Meleagros）詩云：

Ixon ekheis to philema, ta d'ommata, Timarion, pur:
En esides, kaieis; en de thiges, dedekas.

你的親吻是黐粘，
榮子呵，你的眼睛是火：
你看過的都點著了，
你觸著的都粘住了。

這是一首很好的情詩，是我所很喜歡的，雖然是亞力山大府時代的東西，不免有點纖麗。七十一課裡卻又有古希臘的軍歌，在愛斯屈洛思（Aiskhulos = Aeschylus）的悲劇《波斯人》中，說耶穌前四百八十年時希臘人在撒拉米思海戰，唱著這個軍歌，原文今只錄其首行：

Opaides Hellenon ite!

呵，希臘的兒郎們，去罷，
救你的祖國，
救你的妻兒——
你父親的諸神的住宅，
你祖先的墳墓。
奮鬥，為大家奮鬥！

這一篇我也以為是好的。最後我還抄一句「定理」：

Ta tou autou isa kai allelois estin isa.

據民國新教科書《幾何學》第二頁，現今通用譯語為「等於同量之量互等」。——丁卯春分日。

四、古詩

今年北京初夏是五行志裡的天氣，可以說是民國以來所未有，在人事方面也是如此。並不是我不服老，實在是因為這個天氣的緣故，使我在四五月裡，病了有好幾次。近來又患喉痛，躲在家裡，無聊時只能找出舊書來消遣，有一本希臘古詩選，翻開講墳墓與死的一部分來看，有些實在非常之好，心想譯他出來，反覆試了幾遍，終於不成功。有幾首戲譯作偈式，當然不像原來的色相了，不過也還古怪得有意思，選錄三首於此，可惜這半天的破掃帚掃地之白費也。

一 Karteros en polemios. ——Anakreon

「提摩揭多屍　戰鬥最勇猛　此為其墓表　戰神阿勒屍不珍惜勇士　而惜懦怯者」

二 Tis xenos, o nauege?——Kallimakhos

「汝死水難者　是誰埋葬爾　盧恩諦訶斯　岸邊得我屍於此為造墓　垂淚念凶運　自身亦非安　如鷗飄海上」

三 Kuanopin Mousan.——無名氏

「黑眼慕薩女　美音之黃鸝　倏忽入墳墓　遂爾無聲息嚴臥如石頭　全慧有榮譽　黃土覆汝上　願汝勿覺重」

以上第一是戰死者的墓銘，第二是死於航海的，第三是一個名叫慕薩的歌女。還有一首，雖然很喜歡，卻總是寫不好，只能把大意譯出罷了，這也是無名氏作，大抵是羅馬時代的作品。

Anthea polla genoito neodmet ōepi tumbō,
Mē batos auchmērē, mē kakon aigipuron,

All'ia kai sampsucha kai hudatinē narkissos,
Ouibie, kai peri sou panta genoito rhoda.

「願群花生長，繞此新墳，不是乾的荊棘，不是惡的羊躑躅，卻是紫花地丁，藿香花，以及濕的木水仙：維褒思，我願你周圍滿生薔薇。」

上邊所說的花除荊棘外都非確譯，紫花地丁與薔薇似乎還可以對付，雖然實際是很不相同。

（一九二七年五月）

五、希臘情詩六首

從希臘詩選中抄譯了六首小詩，送給春蕾社。這些詩的時代並不一致，如第四首的作者是二千二百年前的人，生當中國週末，而第六首乃是六朝時代的作品了。

十六年九月十五日記。

一、美勒亞格羅思作

（Ou soi tout eboon?——Meleagros）

靈魂兒，我不曾喊叫麼：
憑了女神，你要被捕住了，
你這情癡，倘若走近那個黏竿？
我沒有喊叫麼？現在弶卻抓住你了。
你為甚空在網裡掙扎？
愛神已縛了你的翅膀，把你放在火上，
乘你昏沉時候撒上些乳香，
只有熱淚給你喝了止渴。

二、前人作

（Deinos Eros, deinos.）

愛是厲害呀，厲害！但是有什麼用，
如我反覆地說，歎幾口氣，說愛是厲害？
那孩子聽了會笑的，
因為多被人家咒罵，他反樂了；
如我說些惡話，他也是聽慣了的。
我只奇怪，愛之女神，你是從碧浪出來的，
你怎能從水裡生下這麼一個火來！
案後世傳說云，愛之女神 Aphrodite 自海波中出現，愛神 Eros 為其子，狀如小兒，有翼，手執弓矢，被射中者便感戀愛，有如狂易，故詩中云火。

三、前人作
（Anthodiaite Melissa.）

餐花的蜜蜂，你為甚觸日惠的皮膚，

留下一點春天的花萼？
你莫不是說，就是愛神的刺——
在人心裡覺得苦不可當的刺上，也有甜蜜麼？
我想是的，你是這樣說。
啊，可愛的，你回去罷，
你這意思我們是早已知道了。

四、亞思克勒比亞台斯作
（Ouk eim'oud'eteon.——Asklepiades）

我還沒有二十二歲，卻倦於生活了。
愛神們，為什麼虐待我，為什麼燒灼我？
倘若我出了什麼事，你將怎麼辦？
我想你們還是一點都不管，
照舊擲你們的骰子罷。

五、加利瑪科斯作

（Helkos ekhon ho xeinos. ——Kallimakhos）

客人受傷了，沒有人知道：

你看，他從胸底發出怎麼悲苦的歎息。

他現在喝第三杯了，

花環上的薔薇花片散落在地上了。

他確是發燒著哩。

憑了神道們，我猜得不很錯。

賊能知道賊的足跡。

六、保羅作

（Diklides amphetinaxen. ——Paulus Silentiarlus）

晚上乳白女當我面掩上雙扉，
又說了些欺人的惡話。
「欺侮破相思。」——
這句話卻說得不確。
她的欺侮更增加了我的狂戀：
我立誓要和她斷絕一年，
但在今晨就已走去乞憐。
附注，乳白女原文為 Galateia，今姑譯其大意如此。

日本的諷刺詩

這種諷刺詩在日本稱作「狂句」，普通叫作「川柳」。狂句是俳句的變體，正如狂歌是和歌的變體。當初由俳諧連歌發生一種異體，先出七七二句為題，令各人續五七五的三句，名「前句附」，其前句務取意義廣泛者，以便續者可以自由構思。《文學小話》中所載，即其一例。

「圓而方，長且短，拿了圓盆盛著一方豆腐的跛腳。」

同

「汲取月光的，井闌內的雙吊瓶。」

山崎宗鑒的《犬築波集》裡也收著同類的句，今錄其一。

「也想炒，也想不炒，窮和尚收著的一點豆子。」

以上所舉，要是沒有前句，意思便不很明白，但是也有許多句子，即使獨立也有完全的意義，如下一句。

「忙碌煞，忙碌煞，裝作大雷，好容易給穿上了肚兜。」

於是前句附遂擺脫了前句，成為十七字的滑稽詩，先稱「俳風狂句」，隨後因祖師川柳的名字稱為「柳風狂句」，現在只直稱「川柳」了。

綠亭川柳本名柄井八右衛門，生在十八世紀後半，原來也是芭蕉派下的俳人，那時前句附雖然盛行，卻並未別立門戶，那些開業授徒的「點者」多是俳人兼充，川柳認定這種小詩的獨立價值，離開俳壇，專門管這一方面，這就是所以成為祖師的理由。這一派的句集，有《柳樽》，陸續刊行，有三百八十多卷，又《古今前句集》二十卷，是代表的總集；現代還很旺盛，刊有《新川柳六千句》，《當世新柳樽》等及月刊雜誌頗多。

川柳的形式與俳句一樣，但用字更為自由，也沒有「季題」等的限制。內容上，當初兩者都注重詼諧味及文字的戲弄，唯「蕉風」的句傾向於閒寂趣味，成為「高蹈派」的小詩，川柳也由遊戲文章變為諷刺詩，或者可以稱為風俗詩。川柳的諷刺大都類型的，如蕩子迂儒，逃亡負債之類，都是「柳人」的好資料，但其所諷刺者並不限於特殊事項，即極平常的習慣言動，也因了奇警的著眼與造句，可以變成極妙的略畫。

好的川柳，其妙處全在確實地抓住情景的要點，毫不客氣而又很有含蓄的投擲出去，使讀者感到一種小的針刺，又正如吃到一點芥末，辣得眼淚出來，卻剎時過去了，並不像青椒那樣的黏纏。

川柳揭穿人情之機微，根本上並沒有什麼惡意，我們看了那裡所寫的世相，不禁點頭微笑，但一面因了這些人情弱點，或者反覺得人間之更為可愛，所以他的諷刺，乃是樂天家的一種玩世不恭的態度，而並不是厭世者的詛咒。德川時代前期的文藝，以上方（京都大阪）為中心，後來形勢轉換，到江戶這邊來了;川柳便是江戶文學裡的一支,在機警灑脫這一方面,可以說是最代表東京人的「江戶子氣質」的東西了。

要介紹外國的諷刺詩,有兩重困難。無論那一國的東西,只有他原文的一篇是詩,其餘的便都不是,所以我們譯詩,當先承認自己所寫下的不是原詩,只是原詩的散文注,這才覺得還可以說得過去。但是諷刺詩的趣味卻有一大半在詩形上面,倘若只存意思而缺了形式,便失了特色,弄得好,也不過是一則笑林罷了。其次,諷刺詩裡多含著風俗的分子,不加說明便不易懂,加了說明又減少原有的趣味。

現在把明白易解者選錄三十八句,解說如下,以見一斑。第一句附加原文,以下略。

(1)**Kaminario manete haragake yatto sase.**

裝作大雷,好容易給穿上了肚兜。

(2)「據說是很美麗呢,」後妻這樣說。

(3)插著棒香,盡稱讚前回的媳婦。

(4)水上施食,講著媳婦們的事,船已到了岸。

（5）「你們笑的什麼？」老太爺的放屁。

（6）銀煙管失落的話，已經聽了三遍。

（7）長坐的客，煙管放進去，又拿出來。

（8）河東節，虧煞是親戚，聽了他兩出。

（9）哭哭啼啼地，還揀取好的——分壽貨。

（10）象棋敗了兩盤，再說借錢的話。

（11）「不在家罷！」看穿了來的大除夕。

（12）勸誘員，這回是稱讚院子裡的松樹。

（13）無聊賴地，稱讚那首「辭世」，醫生站起身來。勸誘員大抵是保險公司的雇員，專門兜攬壽險生意的，辭世是臨終時所詠的歌句。

（14）睡著的是第一個來取藥的人。

這是形容從前漢法醫擺空架子的句。

（15）看著手紋，每一條上說出什麼壞處。

（16）武士一個人，被大家譙呵的伏中曬晾。

三伏中曬衣物稱為Doyoboshi，那時武士一點都不中用，所以被家人譙呵，現在武士階級沒有了，但這種情形還是存在。

（17）從對面用著硯臺的食客。

（18）不認得的字，姑且念做什麼字罷。

（19）納涼臺上，又起頭了，星象的議論。

（20）仔細看時，彀得到的地方都是澀柿子。

（21）從樓上跌下來的臨終的熱鬧呀。

（22）皮夾子變成凹凸的發薪日。

（23）願得生極樂，捐助洋二元。

（24）衣錦歸來，卻早是人妻了也。

（25）避暑旅館裡，間壁的「丸髷」也像是假的。

（26）紙煙店，為那新梳的「丸髷」減少了顧客。

丸髷是一種圓形的髮髻，結婚的女子始梳此頭。

（27）「昨天晚上……」彼此說著伸出舌頭。

這一句是形容蕩子相見的情形。

（28）美男子——「她看我麼？」問同伴的人。

(29)媚藥——過了十天，還是沒有什麼資訊。

(30)守著空閨的男子的大麻臉。

(31)大詩人，是多病身而且愛喝酒。

(32)要緊的地方，箝上了羅馬字的象徵派。

(33)被人詢問老虎的叫聲，儒生發了窘。

(34)在四書《文選》的中間，夾著讀〔吉原的〕《細見》。這都是嘲儒生的，《細見》彷彿是指南，專講吉原遊廓的情形的。

(35)神樂阪，終於用了中國話生起氣來。這是形容中國留學生的；後邊是詠史的句。

(36)神農的夢囈，只是咂嘴的聲音。

(37)堯舜的時代，修鎖的也就不來了。

(38)「釣了魚麼？」文王這樣的走近前去。

日本的舊學家染了中國的習氣，只把經史子集當作文學。後來改革過來，把小說戲曲都收進去了，但是還有一點偏見，以為其中仍有一種優劣，覺得俳句是高的，而川柳卻是低的文學。如執守著向來的雅俗的意見，我們也要覺得川柳的文句太粗俗了，不能算是優美的文學；其實這是錯誤的，我們誠然不能不承認川柳裡面有許多粗鄙的地方，但這決不是他的缺點，他的那種對於一切人事的真率坦蕩的態度倒還是他的好處，他的所以勝於法利賽文學的地方。

川柳的缺點，我想當在他的過於理智，他的教訓或罵倒。其次，而又更是重大的，是他的反動思想。喬治謨耳（George Moore）曾說民眾思想都是反動的，川柳是日本一種民眾化的詩，所以其思想也就偏於保守；在民間自然發生的詩謠尚且不免如此，在詩人手中自然更甚，因為他們因了教育的影響，思想更是統一了。

明治維新以後的川柳，雖然很是發達，卻充滿了儒教的專制思想，對於新的事物常加無理的反對，而且又中了軍國主義的毒，有人把精忠報國的話混到詩裡邊去，不能不說是一個大謬誤。說點粗鄙的話還於詩無礙，說些正大光明的國家主義，或者綱常名教的話，卻全然的不是詩了。

一九二三年五月

憶的裝訂

從春台借了《憶》來看的第二天，便跑到青雲閣去買了一本來，因為我很喜歡這本小詩集。現在且來談談他的裝幀，印刷及紙張。

《憶》的內容我姑且不談。——或者有人要疑心，這是不是對於著者有點不敬，好像客對主人說「這茶熱得好」一樣。但是我有我的幾種埋由。第一，我不會批評，不必說早已不掛牌了；第二，我來誇獎平伯，別人總以為是後臺喝采，未必信用。如對於平伯個人表示意見，則「我很喜歡」一句話盡夠，他就已能瞭解我了。因此，我還是來談裝訂。

這部詩集的第一點特色是，全部的詩都是著者手寫的。我到底不是「問星處」，並不真是想講相法或筆跡判斷，但我覺得著者的圖像及筆跡都是很能幫助瞭解或增加興趣的東西。以我近來的「車旁軍」的見解來講，我還希望能用木刻才好，倘若現在還有人會刻。石印總是有點浮光掠影，墨色也總是浮薄，好像是一個個地擺在紙上，用手去一摸就要掉下來似的。我對於《憶》也不免覺得這裡有點美中不足，雖然比鉛印自然要有趣得多了。

第二點特色是，裡邊有豐子愷君的插畫十八幅，這種插畫在中國也是不常見的。我當初看見平伯所持畫稿，覺得很有點竹久夢二的氣味，雖然除另碎插繪外，我只見過一本《夢二畫集》春之卷。後來見佩弦的文章，大約是豐君漫畫集的題詞吧，顯明地說出夢二的影響。日本的漫畫由鳥羽僧正（《今昔物語》著者的兒子）開山，經過鍬形蕙齋，耳鳥齋，發達到現在。

夢二所作除去了諷刺的意味，保留著飄逸的筆致，又特別加上豔冶的情調，所以自成一路，那種大眼睛軟腰肢的少女恐怕至今還蠱惑住許多人心。德法的羅忒勒克（Lautrec）與海納（Heine）自然也有他們的精采，但我總是覺得這些人的揮灑更中我的意。中國有沒有這種漫畫，我們外行人不能亂說，在我卻未曾見到過，因此對於豐君的畫不能不感到多大的興趣了。

第三點特色是，用的中國連史紙。中國人現在對於用紙真太不考究了，彷佛覺得只要是紙便都可以印書，無論是還魂紙或是草紙。有光紙都當做寶貝，更不必說是洋連史，這大約已經要算是 Edition de Luxe（美裝本）了。我想凡平常的書用洋紙鉛印，也就夠了，好一點的至少非用連史紙不可，或日本的半紙，雖然我也特別喜歡那質樸堅韌的杜仲紙。但那釘法我覺得還不如用中國式的線裝為佳，因為原來的絹線結，我不知怎的覺得有點像女學生的日記本——自然這只是我一個人的偏見罷了。

總之，這詩集的裝訂都是很好的。小缺點也有，但不關緊要，如全部本文都沒有注頁數。

十五年二月十四日，於溝沿之東。

【附記】

《憶》，俞平伯著詩集，樸社出版，北京景山書社經售，定價一元。

為「慳比斯」訟冤

《創造週報》二十九號上張非怯君做了一篇《新鮮的呼聲》，對於《小說月報》上高滋君的《夏芝的太戈爾觀》的譯文加以糾正，這是於翻譯界前途很有益的事。就這篇文章看來，高君的確錯了不少，但張君自己也並不見得都對，其中使我迷惑，忙了半天的是那第九條批評。

原本英文云：

It is our own mood, when it is furthest from A Kempis or John the cross, that cries,「And because I love life, I know I shall love death as well.」

高君譯文云，這就是我們自己的情調，從最古的慳比斯或約翰以來便在叫道：「因為我們愛這個生命，所以我知道我也是愛死的。」

張君加了八行的說明，據他的意思似乎應譯作這是我們的情調，與說「因為我們愛這個生命所以我知道我也是愛死」的慳比斯或約翰相去正遠。

但是我覺得奇怪，為什麼慳比斯會講這樣靈肉一致的話，便起手從事查考。慳比斯的著作，可惜我只有一種 Imitation of Christ，但普通徵引的大抵是這一冊書。我先查 Everyman's Library 裡的十六世紀舊譯本，果然沒有；又拿一八八九年 Liddon 編的分行本來查，終於也是沒有——然而因此我的兩小時已經費去了。

我真覺得奇怪，心想這莫非……於是找出 Tauchnitz edition 的《吉檀迦利》細細檢查（老實說，我是不大喜歡太戈爾的，買了他幾本紙面的詩文，差不多不曾讀過，所以很是生疏，非細細的查不可），翻到第九十五首，Eureka！只見第四節下半正是這兩句話：

And because I love life, I know I shall love death as well.

我喜歡的跳了起來，正同西瀅先生發見了那個瘦子的斯密亞丹的照相的時候一樣。

可憐的妥瑪師兄喲，你的沉冤總算大白了。倘若不然，人家真相信你說過那樣旁門的話，還怕不把你趕下聖安格尼思山麼！

我這時忽然聯想起英國「市本」（Chapbooks）中的一卷戈丹的智人（「Wise men of Gotham」）的故事來。其中一則說，有戈丹的十個人往河裡洗澡，洗後點數卻只剩了九人，十個人輪番來點都是一樣。大家急得大哭，相信已經淹死了一個同伴了。後來有別村的人走過，才給他們找出那個缺少的——便是那時點數的人。天下真有這樣的妙事，大家「像煞有介事」的在那裡起勁爭辯慳比斯貪比斯，卻不知這句話正是太戈爾他老人家自己說的，而且還就在這一本書之內，真是有趣。

張君文中第十節「隨著聖倍那特闔了眼睛」與否的問題，我也覺得張君的解說似乎不很對，好在這只在文法和意義上就可以看出來，現在不必多說，因為我的目的只要說明慳比斯不曾說過那句《吉檀迦利》的話就好了。

臨了我要說一句廢話，張君文中末節六行，說的太是感情的一點了。我並不想竄改一兩字拿來回敬中國的批評家，但我希望張君自己要承認甘受「手責」兩下，因為「大丈夫一言既出駟馬難追」。

三個十二之日，在北京。

關於夜神

一、毋庸懺悔

刈丁先生在《酒後》懺悔他對於雪萊的《致夜神歌》之誤解，原語如下：

「二，Star-inwrought我譯作『星星點綴』，以為是形容夜衣的，這是我錯了。原文在此兩字後有一感嘆號，還應歸之於夜神，作『鑲嵌星星的夜神』解。……」

案該詩第二節首兩行原文如下：

Wrap thy form in a mantle grey,

Star-inwrought!

據我「素人」（Layman）看來，這二行的一字確是形容夜衣的，而似乎不應歸之於夜神。雖然詩人的感想有時或很奇特，不是我們門外漢所能妄測，不過我總覺得夜神而鑲嵌星星似乎太怪——也太可怕：遍身都嵌滿了星星，這豈不成了《西遊記》上的蜈蚣精了麼？至於這感歎符號乃是屬於第一個字 Wrap 的，刈丁先生求之過深，所以反是懺悔錯了。吾鄉小兒「吟」醫生云：

「郎中郎中，

手生雞爪風。」

刈丁先生也錯刈了自己的手指，把它當作一棵臭草。但是，我不是文壇上的人，我的英文只是為讀土木工學的書而學的，實在不「配」來談英詩人的文章，上面所說不一定是對的，要請各大考據家批評家哂政是幸。

五月二十四日，吃黃酒五十格蘭姆之後。

二、癡人說「夜」

「Wrap thy form in a mantle grey,
Star-inwrought!」

「嗟汝嵌星者！
灰氅裹汝身。」——鄙譯

請大家先念一遍，這是雪萊作《致夜——歌》的第二節首兩句。經天心先生指教，第二行「鑲嵌星星」一語係指夜的，這既然用了聲調及符號上種種道理證明過，一定不會再錯，我如想漂亮地做（有誰不想漂亮點呢），除了隨著刈丁先生一同懺悔之外，實在別無好的辦法。我與其為臭草而被刈，自然情願懺悔。所以我對於刈丁天心兩位先生決不願再有什麼抗辯，只是對於別一個人還想說幾句話，便是想找到我們的詩人雪萊先生不敬他一下子。

雪萊先生說夜神的身上是鑲嵌星星如蜈蚣精的——天心先生雖說這只是

「致夜」而非夜神，但第一節第二行明明是說 Spirit of Night，第四節又說到詩的兒子「睡眠」，所以她還是夜神，而且是希臘神話的夜神。天心先生以及在下確沒有見過夜神究竟是什麼模樣，但希臘神話裡是曾經說過的，她是睡眠與夢等神的母親，是一個女人，與世間的女人一樣。

雪萊先生也說她有頭髮，穿外套，執杖——不過身上鑲嵌星星！夥頤，夥頤！雪萊先生怎麼說起笑話來了？希臘神話雖無明文規定夜神不得鑲嵌星星，但是她決不會的，因為這不是希臘精神。大家都知道希臘宗教及神話的特色在於能美化鬼神，減去恐怖，據哈利孫女士（Jane Harrison）說，其有恩於歐洲文化者亦正在此。察看這種變遷之跡，實很有益，亦多趣味，如神話中除三五妖物外悉完全改作人形，均極偉美，且即此少數妖物亦逐漸美化，只須一查 Harpy 與 Gorgon 故事與圖畫之轉變，即可明瞭。

嗟夫，此希臘之所以為大也！雪萊先生為英詩人中最希臘的之一，奈何竟以夜神為蜈蚣精。豈真聰明一世而懵懂一時，抑原始思想之隔世遺傳地再現歟？吾儕即退一步說，所指者只是夜而非夜神，可以隨便寫其一種現象以為形容，如柏拉圖情詩中「願得化身為千眼的天以回看你」，但也要一是必要，二是自然，這才可用。現在說身上鑲嵌星星，於本句本節中全無聯絡關係（只與外套一字可以相關），乃是廢話，異於千眼回看她的兩眼之成意義，而且千眼當是生理地長成，星星則是人工地嵌鑲，如琺瑯或螺鈿細工然，真真古怪極了；這實在已非《西遊記》的蜈蚣精，而為非洲嘴上鑲鳥喙的土人矣。

從這兩點講來，雪萊先生的這兩行詩無論在聲調上符號上怎樣合法，是怎樣好的詩句，我終要說它是不通。冒犯現代的文人已經不得了（好在我還不曾有過），何況冒犯古時的詩人，這一定罪是更重的了；不過我還有一個法子可以解救，倘若有我們的詩人的朋友能夠替他說明，我知道錯誤，當即懺悔以謝。

還有一句別的話，雪萊先生的這首詩裡，不知怎地頗有奇怪的地方，第二節第四行的「她」到底指的是誰？說是「白晝」呢，第三節裡的「白晝」明明是說「他」：諸大家是怎樣譯的呢？明天須往閱報室去查它一查才好。

還有一句話是對天心先生說的。天心先生說倘若那感歎符號是屬於 Wrap，則 Blind 等三字之後應各有一個符號。我看了半天，才看出來 Blind 這一行是用「半支」，Kiss 與 Wander 這兩行都用「逗」，所以感歎符號只有一個在 Come 這一行之後：似乎這符號是不好用在「逗」或「半支」上的。這一節話恐怕也不很靠得住，可以隨時取消，倘若大雅君子認為不對。

妄言多罪。余豈不得已哉？余好辯也。

十四年六月一日，在北京正紅旗區。

【附注】

卷首譯句如嫌欠古，可改作「寄語嵌星人，玄帔被爾軀」，又如用疏逖體譯作「唯爾星填，緇衣是纏」，或用勃谿體作「軀中有明星之鑲，體上其玄衣之裹」，均可，末一聯似最佳也。

談《談談詩經》

古往今來，談《詩經》的最舊的見解，大約要算《毛傳》，最新的自然是當今的胡適博士了。近來偶見《藝林》第二十期，得讀胡先生在武昌大學所講的《談談詩經》的下半，覺得有些地方太新了，正同太舊了一樣的有點不自然，這是很可惜的。我們且來談它一談看。

《野有死麕》胡先生說是男子勾引女子的詩，自然是對的，但他以為起士真是打死了鹿以獻女子，卻未免可笑。第一章的死麕既係寫實，那麼第二章也應是寫實，為什麼「白茅純束，有女如玉」會連在一起去「描寫女子的美」呢？我想這兩章的上半只是想像林野，以及鹿與白茅，順便借了白茅的潔與美說出女子來，這種說法在原始的詩上恐怕是平常的。

我們要指實一點，也只能說這是獵人家的女兒，其實已經稍嫌穿鑿，似乎不能說真有白茅包裹一隻鹿，是男子親自扛來送給他的情人的。若是送禮，照中國古代以及現代野蠻的風習，也是送給他將來的丈人的。然而這篇詩裡「因家庭社會環境不良」而至於使「那個懷春的女子對起土附耳輕輕細語」，叫他慢慢的來，則老頭子之不答應已極了然，倘若男子扛了一隻鹿來，那只好讓她藏在繡房裡獨自啃了吃。喔，雖說是初民社會，這也未免不大雅觀吧？

胡先生說，「《葛覃》詩是描寫女工人放假急忙要歸的情景。」我猜想這裡胡先生是在講笑話，不然恐怕這與「初民社會」有點不合。這首詩至遲是孔仲尼先生在世時發生的，照年月計算，當在距今二千四百幾十年以前，那時恐未必有像南通州土王、張四狀元這樣的實業家在山東糾集股本設立工廠，製造圓絲夏布。照胡先生用社會學說詩的方法，我們所能想到的只是這樣一種情狀：婦女都關在家裡，於家事之暇，織些布匹，以備自用或是賣錢。她們都是在家裡的，所以更無所歸。她們是終年勞碌的，所以沒有什麼放假。胡先生只見漢口有些紗廠的女工的情形，卻忘記這是二千年前的詩了。倘若那時也有女工，那麼我也可以說太史坐了火車采風，孔子拿著紅藍鉛筆刪詩了。

「嘒彼小星」一詩，胡先生說「是妓女星夜求歡的描寫」，引《老殘遊記》裡山東有窯子送鋪蓋上店為證。我把《小星》二章讀過好幾遍，終於覺不出這是送鋪蓋上店，雖然也不能說這是一定描寫什麼的。有許多東西為我所不能完全明瞭的，只好闕疑。

我想讀詩也不定要篇篇咬實這是講什麼，譬如《古詩十九首》，我們讀時何嘗穿求，為何對於《詩經》特別不肯放鬆，這豈不是還中著傳統之毒麼？胡先生很明白的說，國風中多數可以說「是男女愛情中流出來的結晶」，這就很好了，其餘有些詩意不妨由讀者自己去領會，只要有一本很精確的《詩經》注釋出世，給他們做幫助。「不求甚解」四字，在讀文學作品有時倒還很適用的，因為甚解多不免是穿鑿呵。一人的專制與多數的專制等是一專制。守舊的固然是武斷，過於求新者也容易流為別的武斷。我願引英國民間故事中「狐先生」（Mr.Fox）榜門的一行文句，以警世人：「要大膽，要大膽，但是不可太大膽！」

（「狐先生」見哈忒闌著《英國童話集》第二十五頁，引一八二一年 Malone 編《莎士比亞集》卷七中所述當時故事。）

一九二五年十二月

第三卷　戀曲哀歌

關於「希臘人之哀歌」

英國部丘（S.H.Butcher）教授著論文集《希臘天才之諸相》（Some Aspects of the Greek Genius）是一部很有意義的書，日本已有譯本，可惜在中國還沒有人介紹。今天看《小說月報》十八卷四號，見有張水淇先生的一篇《希臘人之哀歌》，不禁很是喜歡，因為這就是書中《希臘人之憂鬱》的抄譯，雖然沒有正式聲明。

張先生於節譯那篇之外，又從同書中的《希臘詩上之浪漫主義的曙光》裡採取了三首墓銘，加在末尾，所以不是原文的本相，但意思與文句差不多都是部丘的書上所有的。張先生所根據的似乎又是日本譯本，這在保存著日譯的誤解上可以看出：本來此書譯者也是日本知名之士，但疏忽處總是難免。漢譯中云：

「更有少婦從新婚之室至其亡夫之墓，其事之可悲不言可知，詠此事之詩中有云：『結婚之床於當然之機迎接君，墳墓先機而迎接。』」

案原書只引此詩一句，不加英譯——Hōrios eikhe se pastas, aōrios heile se tumbos——日譯加以解釋，與上文所引正同。右詩原文共有六行，直譯其大意如下：

「新房及時地迎了你來，墳墓不時地帶了你去，
你安那史黛絲亞，快活的慈惠神女之花；
為了你，父親丈夫都灑悲苦的淚，
為了你，或者那渡亡魂的舟子也要流淚：
因為你和丈夫同住不到一整年，
卻在十六歲時，噫，墳墓接受了你。」

Hōrios 一字是從「時」字變出來的，意云及時，反面的 Aōrios 所以是失時

或不辰等意，日譯云當然之機云云似乎不得要領。唯「亡夫之墓」則係漢譯之誤，英日文均只云從新婚之室至墳墓，我們看原詩第三行，也可以知道她的丈夫並未先死也。

又漢譯有云：「有夫妻二人距一時間而死，其合葬之墓成為新婚之室，其墓碑上有云：『二人恰如同棲埋於一石之下，有幸福的分居一墓如分居一室。』」案日譯末行為「幸福地共居一墓正如共居一室」。但考察詩意似當如下：

「二人恰如同棲，埋於一碑之下，嚴飾公共的墳墓有如公共的新房。」

「幸福地」一語似乎是多出來的。但這種改變，恐怕是譯述者的通癖，不能斤斤較量，就是部丘教授自己也是有的。如 **Dakrukheōn genomēn** 一詩，英譯云：

「我哭著降生，我哭夠了而死，
我於一生中尋得許多的眼淚。」

漢譯根據日譯則又略變為：

「我泣而生，我盡力的泣而死，我於生涯中尋得許多淚。」

其實直譯起來意思大略如下：

「我哭著降生，我哭過了而就死，我於許多眼淚中尋得了我的一生。」

意義的些須的差異本來沒有多大關係，現在不過順便說及，以見翻譯之難罷了。

十六年八月十日。

象牙與羊腳骨

英國麥開耳教授著《希臘詩講義》（J. W. Mackail, Lectures on Greek Poetry）裡有一篇講諦阿克列多思與其牧歌，說起詩人用字之妙，他能把平凡粗俗了無美感的字拿來，一經運用，便成絕妙的詞句。

牧歌第十《農夫》中敘一農夫唱歌，列述女之美麗，有一句云：「Podes astragaloi teu.」麥開耳說：

「在這幾個字裡充滿著一種不可言說的朦朧之美。安特路闌君譯這牧歌時感到這個美——他怎會不感到呢？但他沒有法子，只能用宮廷小說體把它述出來，曰『你的腳是像象牙雕成的』。有像象牙雕成的腳的人，身穿柔軟的衣服，住在王宮裡；在希臘原文裡並沒有象牙雕的這些字樣。……他是說，『你的腳是羊腳骨』，諦阿克列多思便把這句俗話照原樣拿過來，使它變成靈活，使它變成詩。他在這一句裡不但明顯地表現出一幅圖畫，兩隻細而黃的腳，跟著腳釧的丁當聲跳上跳下的，上邊的身體搖晃著，曼聲吟唱著，而且還能表出一種內的美感，一種小說的或者幾乎幻術的趣味。」

這牧歌第十我也曾譯過，登在《陀螺》裡邊。我知道這 Astragalos 是羊腳骨，知道古代婦女子常用這種腳骨像吾鄉小兒「稱子」似地拋擲著玩耍，也在希臘古畫上見過這個遊戲的圖，可是沒有法子可譯：從漢文上看來，羊腳骨沒有一點詩與美，普通的聯想只是細，此外什麼都不能表出，所以不好直譯；我想改譯作骰子，可是這「花骨頭」的聯想也不能恰好，結果還是學了安特路闌，勉強湊了一句「你的腳是象牙」。

原文下一句曰：「Haphona de trukhnos，」譯作「你的聲音是阿芙蓉」，總算可以對付了：Trukhnos 就是現今醫藥上的 Strychnine 一字的祖先，是一種有麻醉性的毒草，這裡用以形容歌聲之令人迷惘坐忘，漢文如用番木鱉或莨菪來譯最為適合，但是這只有毒草的聯想，意味便截然不同，幸而有鴉片在，還可以移用一下子。然而在那羊腳骨上卻終於完全失敗了。

麥開耳教授批評安特路闌，說得很有道理的，但他自己也弄了一個小小的錯誤。牧歌第十中唱情歌的那個農夫，麥開耳說是拔多思（Battos），其實這是別一牧歌裡的牧人，我們的患相思的割稻的人乃是蒲凱阿思（Boukios），與那個看羊的毫無關涉也。

十六年八月十七日。

讀性的崇拜

性的崇拜之研究給我們的好處平常有兩種。其一是說明宗教的起源，生物最大的問題是自己以及種族之保存，這種本能在原始時代便猛烈地表現在宗教上，而以性之具體或抽象的崇拜為中心，逐漸變化而成為各時代的宗教。普通講性的崇拜的書大抵都注重這一點，但他有更重大的第二種好處，這便是間接地使我們知道在一切文化上性的意義是如何重要。

性的迷信造成那種莊嚴的崇拜，也就是這性的迷信造成現在還存留著的凶很的禮教，把女子看作天使或是惡魔都是一種感情的作用，我們只要瞭解性的崇拜的意思，自可舉一反三，明瞭禮法之薩滿教的本義了。我們宗教學的門外漢對於性的崇拜之研究覺得有趣味，有實益，可以介紹的理由，差不多就在這一點上。

張東民先生的《性的崇拜》讀過一遍，覺得頗有意思。我嘗想這種著作最好是譯述，即如我從前看過的芝加哥醫學書局出版訶華德所著的一本，雖然是三十年前的舊作，倒很是簡要可讀。張先生的書中第三四五這三章聲明是取材於瓦爾的著作，材料頗富，但是首尾兩篇裡的議論有些還可斟酌，未免是美中不足。如第五頁上說，「所以古人有言道：『人之初，性本善，』這明明是說人在原初的時代，對於性之種種，本皆以為善良的。」

著者雖在下文力說性質性情都脫不了性的現象之關係，以為這性字就是性交之性，其實這很明了地是不對的：我們姑且不論兩性字樣是從日本來的新名詞，嚴幾道的《英文漢詁》上還稱曰男體女體，即使是宋代已有這用法，我們也決不能相信那《三字經》的著者會有盧梭似的思想。這樣的解釋法，正如梁任公改點《論語》，把那兩句非民治思想的話點為「民可，使由之；不可，使知之」，未始不很新穎，但去事實卻仍是很遠的了。

又第六十四頁上有這一節話：

「唯自然之律，古今一樣，他們既濫用了性交的行為，自該受相當的懲罰，於是疾病流行了，罪惡產生了。為防弊杜亂起見，一輩強有力者便宣布了種種禁令：『不許姦淫』，『不許偷盜』，不許這樣，不許那樣，……而從這些消極的禁令式的規條中，倫理和道德等制度便漸漸演成了。」

關於這種制度的演成，我因為不很知道不能批評，但兩性關係上的有些限制我卻相信未必是這樣演成的，這與其說因了「濫用」性的崇拜而發生，還不如說是根據性的崇拜之道理而造成的較為適合。

我們對於性的崇拜常有一種誤解，以為這崇拜與後代的宗教禮拜相差不遠，其實很不一樣。佛洛德在《圖騰與太步》（勉強意譯為族徽與禁制）中說及太步的意義，謂現代文明國人已沒有這個觀念，只有羅馬的 Sacer 與希臘的 Hagios 二字略可比擬，這都訓作神聖，但在原始時代這又兼有不淨義，二者混在一處不可分開，大約與現代「危險」的觀念有點相像，北京電杆上曾有一種揭示，文曰「摸一下可就死了！」

這稍有點兒太步的意味？性的崇拜也就這麼一件東西。因為它是如此神異的，所以有不可思議的功用與影響，「馬蹄鐵」可以辟邪，行經的婦人也就會使酒變酸；夫婦宿田間能使五穀繁茂，男女野合也就要使年成歉收，這道理原是一貫的，雖然結果好壞不同。

我說「不許姦淫」不是禁止濫用性的崇拜，乃是適用性的崇拜之原理而制定的，即是為此。我們希望於性的崇拜之研究以外還有講性道德與婚姻制度的變遷的歷史等書出來，但我也希望這是以譯述為宜。又德人 **H. Fehlinger** 的小冊《原始民族的性生活》等亦甚有益，很有可以使我們的道學家反省的地方。

一九二七年八月

擺倫句

丹麥言語學教授尼洛普博士（Dr. C.Nyrop）在所著《接吻與其歷史》第二章中說：「這是多麼近於人情，擺倫如是願望說：

我願女人只有一張朱唇，
可以同時親遍了她們。」

「That womankind had but one rosy mouth,
To kiss them all at once from north to south.」

但是我實在不很喜歡擺倫的這兩行詩，也不喜歡這一句話。詩我是不懂，但「自北至南」這種趁韻我覺得沒有趣味；他的意思呢，不但是太貪，也有點兒無聊——這差不多是「登徒子」的態度。據說在文藝復興時代歐洲有這樣一種習慣，凡紳士與貴婦人相見，無論識與不識均接吻為禮。

但有些人很不以為然，法國蒙丹納（Montaigne）說得最妙，「這是一件很可非難的習俗，貴婦人當以唇吻敬客，只要他有一對長班跟在後頭，不管他怎樣討厭；就是在我們男子也並不上算，因為須得親上五十個醜的才能親到三個美麗的女子。」可惜我們的詩人沒有知道。倘若因此種風俗引申，同性也當行「友情的接吻」，如羅馬王朝所行，那就更要不得了。

羅馬詩人 Martialis（四〇——一〇四）曾說：

「外出十五年後，回到羅馬來，它給我這許多接吻，比勒思比亞（Lesbia）給加都路思（Catullus）的還要多。各個鄰人，各個毛臉的農夫，都來親你一個氣味不佳的嘴。織布匠來逼你，還有洗染店和剛才親過牛皮的皮匠；鬍子，獨眼的紳士；爛眼邊的，和有稀臭的嘴的朋友。這真不值得回來。」

他做的小詩裡有好些都是說這件事的，現在抄譯一章於下：

「我的頰上貼上一張膏藥，
兩唇塗藥雖然沒有凍裂，
菲拉尼思，你知道為什麼？
這就為的是省得親你的嘴。」

【附記】

這一篇是看了《接吻與其歷史》而作，所引詩文也都出在那本書裡。

一九二七年八月二十日雨夜。

舊約與戀愛詩

《舊約》是猶太教與基督教的經典，但一面也是古代希伯來的國民文學，正同中國的五經一樣。《詩經》中間有許多情詩，小學生在書房裡高聲背誦；《舊約》的《雅歌》更是熱烈奔放，神甫們也說是表神之愛的。但這是舊事重提，歐洲現今的情形便已不然了：美國神學博士謨爾（G. F. Moore）在所著《舊約的文學》第二十四章內說：

「這書（指《雅歌》）中反覆申說的一個題旨，是男女間的熱烈的官能的戀愛。……在一世紀時，這書雖然題著所羅門的名字，在嚴正的宗派看來不是聖經；後來等到他們發見——或者不如說加上——了一個譬喻的意義，說他是借了夫婦的愛情在那裡詠歎神與以色列的關係，這才將他收到經文裡去。」

這幾句話說的很是明瞭，可見《雅歌》的價值全是文學上的，因為他本是戀愛歌集；那些宗教的解釋，都是後人附加上去的了。

但我看見《新佛教》的基督教批評號裡，有一篇短評，名「基督教與婦人」，卻說「《雅歌》一章雖寄意不在婦人，然而他把婦人的人格實在看得太輕漂了」。又引了第八章第六節作證據，說「是極不好的狀婦人之詞」。其實這節只是形容愛與妒的猛烈；我們不承認男女關係是不潔的事，所以也不承認愛與妒為不好：「愛情如死之堅強，嫉恨如陰間之殘忍」，這真是極好的句，是真摯的男女關係的極致，並沒有什麼不好的地方。若說男女的不平等，那在古代是無怪的，在東方為尤甚，即如印度的撒提也是一例，但他們基督教徒也未必能引了這個例，便將佛教罵倒，毀損他的價值。

中國從前有一個「韓文公」，他不看佛教的書，卻做了什麼《原道》，攻擊佛教，留下很大的笑話。我們所以應該注意，不要做新韓文公才好。

一九二一年一月

個性的文學

假的，模仿的，不自然的著作，無論他是舊是新，都是一樣的無價值；這便因為他沒有真實的個性。

印度那圖夫人（Sarojini Naidu）的詩集《時鳥》（Bird of Time 一九一五）上，有一篇英國戈斯（Edmund Gosse）的序文。他說，那圖夫人留學英國的時候，曾拿一卷詩稿給他看。詩也還好，只是其中夜鶯呵，薔薇呵，多是一派英國詩歌裡的習見語，所以他老實的告訴她，叫她先將這詩稿放到廢紙簍裡，再開手去做真的她自己的詩。其結果便是《黃金的門》（The Golden Threshold）以下幾部有名的詩集。這一節話，我覺得很有意味。

戈斯並不是說印度人不應該做英國式的詩，不過因為這些思想及句調實在是已經習見，不必再勞她來複述一遍；她要做詩，應該去做自己的詩才是。但她是印度人，所以她的生命所寄的詩裡自然有一種印度的情調，為非印度人所不能感到，然而又是大家所能理解者：這正是她的詩歌的真價值之所在，因為就是她的個性之所在。

正確的說來，她的個性，不但當然與非印度人不同，便是與他印度人也當然不同，倘若她的詩模仿泰戈爾（R. Tagore）也講什麼「生之實現」，那又是假的，沒有價值了。或者她的確是做自己的詩，但所含的倘是崇拜撒提（Suttee）一類的人情以外的思想，在印度的「國粹派」——大約也是主張國雖亡而「經」不可不讀的一流人——看來或者很有價值，不過為世界的「人」們所不能理解，也就不能承認他為人的文學了。

因此我們可以得到結論：（1）創作不宜完全沒煞自己去模仿別人，（2）個性的表現是自然的，（3）個性是個人唯一的所有，而又與人類有根本上的共通點，（4）個性就是在可以保存範圍內的國粹，有個性的新文學便是這國民所有的真的國粹的文學。

一九二一年一月

安得森的《十之九》

凡外國文人，著作被翻譯到中國的，多是不幸。其中第一不幸的要算丹麥詩人「英國安得森」。

中國用單音整個的字，翻譯原極為難：即使十分仔細，也止能保存原意，不能傳本來的調子。又遇見翻譯名家用古文一揮，那更要不得了。他們的弊病，就止在「有自己無別人」，抱定老本領舊思想，絲毫不肯融通，所以把外國異教的著作，都變作班馬文章，孔孟道德。這種優待，就是哈葛得諸公也當不住，到了安得森更是絕對的不幸。為什麼呢？因為他獨一無二的特色，就止在小兒一樣的文章，同野蠻一般的思想上。

日前在書鋪裡看見一本小說，名叫《十之九》，覺得名稱狠別致，買來一看，卻是一卷童話，後面寫道「著作者英國安得森」，內分《火絨篋》，《飛箱》，《大小克勞思》，《翰思之良伴》，《國王之新服》，《牧童》六篇。我自認是中國的安黨，見了大為高興；但略一檢查，卻全是用古文來講大道理，於是不禁代為著作者叫屈，又斷定他是世界文人中最不幸——在中國——的一個人。

我們初讀外國文時，大抵先遇見格林（Grimm）兄弟同安得森（Hans Christian Andersen）的童話。當時覺得這幼稚荒唐的故事沒甚趣味；不過因為怕自己見識不夠，不敢菲薄，卻究竟不曉得他好處在那裡。後來涉獵民俗學（Folk-lore）一類的書，才知道格林童話集的價值：他們兄弟是學者，採錄民間傳說，毫無增減，可以供學術上的研究。

至於安得森的價值，到見了諾威波耶生（Boyesen）丹麥勃闌特思（Brandes）英國戈斯（Gosse）諸家評傳，方才明白：他是個詩人，又是個老孩子（即 Henry James 所說 Perpetual boy），所以他能用詩人的觀察，小兒的言語，寫出原人——文明國的小兒，便是系統發生上的小野蠻——的思想。格林兄弟的長處在於「述」；安得森的長處，就全在於「作」。

原來童話（Marchen）純是原始社會的產物。宗教的神話，變為歷史的世說，又轉為藝術的童話，這是傳說變遷的大略。所以要是「作」真的童話，須得原始社會的人民才能勝任。但這原始云云，並不限定時代，單是論知識程度，拜物思想的鄉人和小兒，也就具這樣資格。原人或鄉人的著作，經學者編集，便是格林兄弟等的書；小兒自作的童話，卻從來不曾有過。倘要說有，那便是安得森一人作的一百五十五篇 Historier 了。他活了七十歲，仍是一個小孩子；他因此生了幾多誤解，卻也成全了他，成就一個古今無雙的童話作家。除中國以外，他的著作價值，幾乎沒有一國不是已經明白承認。

上面說安得森童話的特色：一是言語，二是思想。——他自己說，「我著這書，就照著對小兒說話一樣寫下來。」勃闌特思著《丹麥詩人論》中，說他的書出版之初，世人多反對他，說沒有這樣著書的。「人的確不是這樣著書，卻的確是這樣說話的。」這用「說話一樣的」言語著書，就是他第一特色。

勃闌特思最佩服他《鄰家》一篇的起頭：——

「人家必定想，鴨池裡面有重要事件起來了；但其實沒有事。所有靜睡在水上的，或將頭放在水中倒立著——他們能夠這樣立——的鴨，忽然都游上岸去了。你能看見濕泥上的許多腳印；他們的叫聲，遠遠近近的都響遍了。剛才清澈光明同鏡一般的水，現在已全然擾亂了。……」

又如《一莢五顆豆》的起頭說：——

「五顆豆在一個莢裡：他們是綠的，莢也是綠的，所以他們以為世間一切都是綠的：這也正是如此。莢長起來，豆也長起來；他們隨時自己安排，一排的坐著。……」

又如《火絨箱》也是勃闌特思所佩服的：——

「一個兵沿著大路走來——一，二！一，二！他背上有個背包，腰邊有把腰刀；他從前出征，現在要回家去了。他在路上遇見一個老巫：她狠是醜惡，她的下唇一直掛到胸前。她說，『兵阿，晚上好！你有真好刀，真大背包！你真是個好兵！你現在可來拿錢，隨你要多少。』」

再看《十之九》中，這一節的譯文：——

「一退伍之兵。在大道上經過。步法整齊。背負行李。腰掛短刀。戰事已息。資遣歸家。於道側邂逅一老巫。面目可怖。未易形容。下唇既厚且長。直拖至頦下。見兵至。乃謏之曰。汝真英武。汝之刀何其利。汝之行李何其重。吾授汝一訣。可以立地化為富豪。取攜甚便。……」

誤譯與否，是別一問題，姑且不論；但勃闌特思所最佩服，最合兒童心理的「一二一二」，卻不見了。把小兒的言語，變了大家的古文，安得森的特色，就「不幸」因此完全抹殺。

安得森童話第二特色，就是野蠻的思想；——原人和小兒，本是一般見識——戈斯論他著作，有一節說得極好：——

「安得森特殊的想像，使他格外和兒童心思相親近。小兒像個野蠻，於一切不調和的思想分子，毫不介意，容易承受下去。安得森的技術，大半就在這一事：他能狠巧妙的，把幾種毫不相干的思想，聯結在一起。例如他把基督教的印象，與原始宗教的迷信相溷和，這技藝可稱無二。……

還有一件相像的道德上的不調和，倘若我們執定成見，覺得極不容易解說。《火絨箱》中的兵，割了老婦的頭，偷了他的寶物，忘恩負義極了，卻毫無懲罰；他的好運，結局還從他的罪裡出來。《飛箱》中商人的兒子，對於土耳其公主的行為，也不正當；但安得森不以為意。克勞思對於大克勞思的行為，也不能說是合於現今的道德標準。但這都是兒童本能的特色；兒童看人生像是影戲：忘恩負義，虜掠殺人，單是並非實質的人形，當著火光跳舞時映出來的有趣的影。安得森於此等處，不是裝腔作勢的講道理，又敢親自反抗教室裡的修身格言，就是他的魔力的所在。他的野蠻思想，使他和育兒室裡的天真漫爛的小野蠻相親近。」

這末一句話，真可謂「一語破的」；不必多加說明了。《火絨箱》中敘兵殺老巫，止有兩句：——

「於是他割去她的頭。她在那裡躺著！」

寫一件殺人的事，如此直捷爽快，又殘酷，又天真漫爛，真可稱無二的技術。《十之九》中譯云：——

「忍哉此兵。舉刀一揮。老巫之頭已落。」

其實小兒看此「影戲」中的殺人，未必見得忍；所以安得森也不說忍哉。

此外譯者依據了「教室裡的修身格言」，刪改原作之處頗多，真是不勝枚舉；《小克勞思與大克勞思》一篇裡，尤為厲害。例如硬教農婦和助祭做了姊弟，不使大克勞思殺他的祖母去賣錢；不把看牛的老人放在袋裡，沉到水裡上天去，都不知是誰的主意；至於小克勞思騙來的牛，乃是「西牛賀洲之牛」！《翰思之良伴》（本名旅行同伴）中，山靈（Troll）對公主說，「汝即以汝之弓鞣為念！」這豈不是拿著作者任意開玩笑麼？

《牧童》中鑊邊的鈴所唱德文小曲：——

Ach, du lieber Augustin

Alles ist weg, weg, weg.

（唉，你可愛的奧古斯丁

一切都失掉，失掉，失掉了。）

也不見了。安得森的一切特色，「不幸」也都失掉。

安得森聲名，已遍滿文明各國，單在中國不能得到正確理解，本也不關重要。但他是個老孩子，他不能十分知道輕重，所以有個小兒在路上叫他一聲大安得森，他便非常歡喜，同得了一座「北極星勳章」一樣；沒價值的小報上說他一句笑話——關於他的相貌！——他看了就幾乎要哭。如今被中國把他的傑作譯成一種沒意思的巴德文叢著，豈不也要傷心麼？我也代他不舒服，就寫這幾行，不能算是新著批評，不過為這丹麥詩人說幾句公話罷了。

【附記】

安得森（即安徒生）生於一八〇五年，一八七五年卒。著有小説數種，《即興詩人》（Improvisatoren）最有名；但童話要算是他獨擅的著作。《無畫的畫帖》（Billedbog uden Billeder）記「月」自述所見凡三十三夜，也是童話的一種，又特別美妙。他的童話全集譯本，據我所曉得的，有英國 Graigie 本，最為確實可靠。

一九一八年六月

愛的成年

近來讀英國凱本德（Edward Carpenter）著的《愛的成年》（Love's Coming-of-Age），關於兩性問題，得了許多好教訓，好指導。女子解放問題，久經世界識者討論，認為必要；實行這事，必須以女子經濟獨立為基礎，也是一定的道理。但有一件根本上的難題，能妨害女子經濟的獨立，把這問題完全推翻，那就是生產。瑞典斯忒林特堡（Strindberg）著《結婚》中有《改革》及《自然的障礙》諸篇，即說此事；但他是厭惡女性的人，不免懷有惡意，笑「改革」之終於失敗。

凱本德卻別有「改革」的方法，第四章論女子的自由，有兩句說得最好：——

「我們不可忘記：如無社會上的大改革，女子的解放，也不能完成。如不把我們商販制度——將人類的力作，人類的愛情，去交易賣買的制度——完全去掉，別定出一種新理想新習俗時，女子不能得到真的自由。」（五十四頁）

他又加上一段小注，意思更為明瞭：——

「女子的自由，到底須以社會的共產制度為基礎；只有那種制度，能在女子為母的時候供給養活她，免得去倚靠男子專制的意思過活。現在女子力求經濟獨立，原是好景象，也是現時必要的事；可是單靠這一件，解決不了那個問題，因為在為母的時候，最需幫助；女子在那時，卻正不能自己去做活賺錢。」（同上）

英國藹理斯（Havelock Ellis）著《性的進化》（Evolution in Sex），關於這事也有一節說：——

「民種的生殖，是社會的職務（A social function）。所以我們斷定說：女子生產，因為盡她社會的職務，不能自己養活，社會應該供養她。女子為社會生一新分子，於將來全群利害，極有關係，全群的人對於她，自應起一種最深的注意；古時孕婦有特權，可以隨意進園圃去，摘食蔬果，這是一種極健全美麗

的本能的表現。」（十五頁）

以上所說的話，都十分切要，女子問題的根本解決，就在這中間；此外方法，如畫師的「改革」，不能徹底，遇著「自然的障礙」，終要失敗。——但在中國，連畫師夫婦那樣見識的人，怕還不多。

《愛的成年》第一章論性欲，極多精義：他先肯定人生，承認人類的身體和一切本能欲求，無一不美善潔淨；他所最恨的，便是那「賣買人類一切物事的商販主義，與隱藏遮蓋的宗教的偽善」。（十九頁）他說明，「對於人身那種不潔的思想，如不去掉，難望世間有自由優美的公共生活。」（同上）從前的人，也曾經說過相似的話，斯柏勤女士（Spurgeon）著《英文學上的玄秘主義》中論勃來克（William Blake）的一節裡說：——

「人的欲求，如方向正時，以滿足為佳。勃來克詩云，『紅的肢體，火焰般的頭髮上，禁戒（Abstinence）播滿了沙；但滿足的欲求，種起生命與美的果實。』（案此係格言詩第十，原題「柔雪」的第二章。）世上唯有極端純潔，或是極端放縱的心，才能宣布出這樣危險的宗旨來。在勃來克的教義上，正如斯溫朋（Swinburne）所說，『世間唯一不潔的物，便只是那相信不潔的念。』」

（百七三頁）

　　藹理斯又著有《新精神》（The New Spirit）一書，其中評論美國詩人惠德曼（Walter Whitman），稱述他對於肉體及愛的意見，隨後說：——

「宗教政治上，我們經過了大爭鬥，才算得到了無價的自由與誠實。但在性的地界內，正同我們道德的和社會的生活上一樣，還不能得這幸福；現在還有那種野蠻的傳說，經中世教會竭力宣傳，流傳在世間：把女子當作性的象徵，說物事經他接觸，就要污穢，布列紐思（Plinius）說，『世上無物比月經更醜』，到現在這句話還有勢力。為什麼不放科學的光，到這地方，使我們也得自由與信實呢？因我們對於這一部分的意見如此，就使我們對於人生全體的態度上，也狠發生影響。」（百二六至七頁）

　　勃來克承認「力（Energy）是唯一的生命，從肉體出；理（Reason）便是力的外界。力是永久的悅樂」。惠德曼能「把下腹部與頭部胸部同一看待」。凱本德的意見，就同他們相似，卻更說得明白，又注重實際的一面。他的希望，是在將來社會上，成立一種新理想新生活，能夠以自由與誠實為本，改良兩性的關係。第八章論自由社會，就是議論這件事。

《愛的成年》係一八九六年出版，在本國銷行甚廣。別國也多已譯出。

一九一八年十月

一部英國文選

《鑒賞週刊》第四期上劉真如君有一篇文章，介紹勃洛克的《英國文學初步》，這是應該感謝的，於中國學子很有裨益。唯劉君勸告大家「和 Palgrave 的 Golden Treasury 並讀」，我覺得這部名詩選固然大有誦讀之價值，但和《文學初步》並讀還有一本更適宜的書，現在想介紹他一下，這便是華倫女士（Kate M. Warren）所編的《英文學寶庫》（A Treasury of English Literature）。

華倫女士是倫頓大學的一個英文教師，精通古英文，勃路克在《古代英文學史序》上曾謝她為譯《瑪爾頓之戰》（「Battle of Maldon」）這篇古詩，並編參考書目及檢目。她的這部《英文學寶庫》即專為《文學初步》而編的，雖然也可以分用，當作普通的文選去讀。

據勃路克在序論中說，有許多人希望他編這樣的一部文選，與《文學初步》互相發明，但他沒有工夫來做這個繁重的工作，後來由華倫女士代編，經了五年的編訂試驗，遂於一九〇六年出版，其中共分六編，次年又為便利學生起見，分出六冊，每冊價一先令。我在一九〇八年所買，就是這種版本，因為一卷本定價七先令半，這種可以分買，我便逐漸把他購來。

這部書選擇固佳，多收古代詩文尤為可貴，這些原本都很難得或是高價，學生不易買到——尤其是在中國的學生，現在可以略窺一斑，實在非常便利。其第一二編專收古代及中古文學，第三編為伊里查白時代，第四編為培根至彌爾頓，第五編為德來登及頗普的古典時代，第六編為近代，唯至朋斯而止，好在十九世紀的文選佳本並不缺乏，所以她就不再編下去了。

平常談英文學的人大抵至早從綽塞（Chaucer）起首，其實現代英文雖從他發生，英文學卻是繼續的有千二百年的歷史，前六百年的文學與後六百年的可以說是同樣的重要，而且因為稀見的緣故，在我看來似乎更有趣味。因了勃路克的《古代英文學史》，引起我對於《貝奧武爾夫》（Beowulf意云蜂狼，即熊，為史詩中主人公名）的興味，好奇的去找哈利孫校訂的原本。我還不能忘記七世紀的一篇收蜜蜂的咒語，其文曰（見《寶庫》第一編第五頁）：

「取泥土，用你右手撒在你的右腳下，說道：

『我從腳下拿來，我找到他了。

嗟，土克一切物，

克惡意，克怨恨，

克人們的長舌。』

用土撒蜜蜂，在他們群飛的時候，又說道：

『坐下，王女，落在地上！

勿再亂飛往樹林中！

你當記得我的好意，

如人們之記得食物與家。』」

這樣符咒或者不是什麼好文學也未可知，但是我很喜歡，所以把他抄在這裡。

勃路克（Stopfold A. Brooke）原是愛爾蘭人，生於一八三二年，所著文學評論幾種都有名，《英國文學初步》係一八七六年由倫頓麥美倫公司出版，距今已五十年，但仍是一種文學史要的佳本。華倫女士在序上這樣稱讚他說，「二十多年以前安諾德為此特作一篇評論（見一八七九年出版《雜論集》），但即使沒有這個榮譽，他也能成名，因為他能特別地混和有用與美這兩種特質。」此外所著古代英文學史兩種，近代英詩人評論三四種，皆是權威的論著，唯劉君所舉《十八世紀英國文學》我未曾見過。

一九二五年七月

巡禮行記

得到東洋文庫影印的《入唐求法巡禮行記》一部，共四卷，係日本僧圓仁撰，用漢文記唐開成會昌間（八三八—八四七）在中國時事。圓仁上人（七九四—八六四）為傳教大師弟子，入唐求法，經歷現今之蘇皖直魯豫秦晉七省，歸國後專力於宣教行化，確立天臺宗派，歿後賜謚慈覺大師。《巡禮行記》歷記十年內所見聞閱歷之事，其價值可與玄奘法師之印度紀行相埒，讀之不特可知當時社會情形，頗有趣味，亦多可以補史乘之缺，如會昌滅法事在正史上所記均簡略，今據此記可稍知其詳。

本書有活字本，在佛教全書等叢刻中，唯係大部，殊不易得，此本係據古寫本影印，卷末署云，「正應四年（一二九一，元至正二十九年）十月二十六日，於長樂寺坊拭老眼書寫畢。……法印大和尚位遍照金剛兼胤（七十二）記之。」字體古樸，有唐人寫經意，頗可喜，唯係老年之筆，故有時筆劃模胡，不易判讀。今擇取數節轉錄於後，有顯係脫誤處已為改正，餘悉仍其舊。

一、壽宗卿

太子詹事壽宗卿撰《涅槃經注疏》二十捲進，今上覽已，焚燒經疏，敕中書門下令就宅追索草本燒焚。其敕文如左：

「敕銀青光祿大夫守太子詹事上柱國范陰縣開國男食邑三百戶壽宗卿，忝列崇班，合遵儒業，溺於邪說，是扇妖風，既開眩惑之端，全廢典墳之旨，簪纓之內，頹靡何深；況非聖之言，尚宜禁斥，外方之教，安可流傳，雖欲包容，恐傷風俗，宜從左官，猶謂寬恩，可任成都府尹，馳驛發遣。」

太子詹事宗卿進佛教《涅槃經》中撰成《三德》廿卷，奉敕：「《大圓伊字鏡略》二十卷，具已詳覽。佛本西戎之人，教張不生之說，孔乃中土之聖，經聞利益之言，而壽宗卿素儕士林，衣冠望族，不能敷揚孔墨，翻乃溺信浮屠，妄撰胡書，輒有輕進，況中國黎庶久染此風，誠宜共遏迷聾，使其反樸，而乃集妖妄，轉惑愚人，位列朝行，豈宜自愧？其所進經，內中已焚燒訖，其草本委中書門下追索焚燒，不得傳之於外。會昌三年（八四三）六月十三日下。」

（《巡禮行記》卷四）

二、趙歸真

道士趙歸真等奏云，佛生西戎，教說不生，夫不生者只是死也，化人令歸涅槃，涅槃者死也；感談無常苦空，殊是妖怪，未涉無為長生之理。太上老君聞生中國，家乎太羅之天，逍遙無為，自然為化，飛練仙丹，服乃長生，廣列神府，利益無疆。請於內禁築起仙台，練身登霞，逍遙九天，鹿福聖壽，永保長生之樂，云云。

皇帝宣依，敕令兩軍於內裡築仙台，高百五十尺，十月起首（案此是會昌四年），每日使左右神策軍健三千人般土築造。皇帝意切，欲得早成，每日有敕催築。兩軍都虞侯把棒檢校。皇帝因行見問內長官曰，「把棒者何人？」長官奏曰，「護軍都虞侯勾當築台。」皇帝宣曰，「不要你把棒勾當，須自擔土！」便□船去。後時又駕築台所，皇帝自索弓，無故射殺虞侯一人。無道之極也。（同上）

三、乞糧食

從登州文登縣至此，青州三四年來，蝗蟲災起，吃卻五穀，官私饑窮，登州界專吃橡子為飯，客僧等經此險處，糧食難得，粟米一斗八十文，粳米一斗一百文，無糧可吃，便修狀進節度制使張員外乞糧食。

「日本國求法僧圓仁　請施齋糧

右圓仁等，遠辭本國，訪尋尺教，為請公驗，未有東西，到處為家，饑情難忍，緣言音別，不能專乞，伏望仁恩，捨香積之餘供，賜異蕃之貧僧，生賜一中，今更惱亂，伏塗悚愧。謹遣弟子惟正狀，謹疏。

開成五年（八四〇）三月二十五日日本國求法僧圓仁狀上員外閣下，

謹宣。」

員外施給粳米三斗，麵三斗，粟米三斗，便修狀謝。

「日本國求法僧圓仁謹謝

員外仁造給米麵，不勝感戴，難以銷謝，下情無任感愧之誠，謹奉狀陳謝，不宣，謹狀。

開成五年三月二十五日日本國求法僧圓仁狀上

員外閣下，謹宣。」（同卷二）

四、吃人

打潞府兵入他界不得，但在界首，頻有敕催，怪無消息，徵兵多時，都不聞征罰者何？彼兵眾驚懼，捉界首牧牛兒耕田夫等送入京，妄稱捉叛人來，敕賜對刀於街衢而斬三段，兩軍兵馬圍著殺之。如此送來相續不絕，兵馬尋常，街裡被斬屍骸滿路，血流濕土為泥，看人滿於道路，天子時時看來，旗槍交橫遼亂。見說被送來者，不是唐叛人，但是界首牧牛耕種百姓，枉被捉來，國家兵馬元來不入他界，恐王怪無事，妄捉無罪人送入京也。兩軍健兒每斬人了，割其眼肉吃，諸坊人皆云，今年長安人吃人。（同卷四，案此係會昌四年事。）

一九二七年四月抄

呂坤的《演小兒語》

中國向來缺少為兒童的文學。就是有了一點編纂的著述，也以教訓為主，很少藝術的價值。呂新吾的這一卷《演小兒語》，雖然標語也在「蒙以養正」，但是知道利用兒童的歌詞，能夠趣味與教訓並重，確是不可多得的，而且於現在的歌謠研究也不無用處，所以特地把他介紹一下。

原書一冊，總稱「小兒語」，內計呂得勝（近溪漁隱）的《小兒語》一卷，《女小兒語》一卷，呂坤（抱獨居士）的《續小兒語》三卷，《演小兒語》一卷。前面的五卷書，都是自作的格言，彷彿《三字經》的一部分，也有以諺語為本而改作的，雖然足為國語的資料，於我們卻沒有什麼用處。末一卷性質有點不同，據小引裡說，係採取直隸河南山西陝西的童謠加以修改，為訓蒙之用者。

在我們看來，把好好的歌謠改成箴言，覺得很是可惜，但是怪不得三百年以前的古人，而且虧得這本小書，使我們能夠知道在明朝有怎樣的兒歌，可以去留心搜集類似的例，我們實在還應感謝的。

書的前面有嘉靖戊午（一五五八）呂得勝的序，末有萬曆癸巳（一五九三）呂坤的書後，說明他們對於歌謠的意見。序云：

「兒之有知而能言也，皆有歌謠以遂其樂，群相習，代相傳，不知作者所自，如梁宋間『盤腳盤』，『東屋點燈西屋明』之類。學焉而於童子無補，余每笑之。夫蒙以養正，有知識時便是養正時也。是俚語者固無害，胡為乎習哉？……」

書後云：

「小兒皆有語，語皆成章，然無謂。先君謂無謂也，更之；又謂所更之未備也，命余續之，既成刻矣；余又借小兒原語而演之。語云，教了嬰孩。是書也誠鄙俚，庶幾乎嬰孩一正傳哉！……」

他們看不起兒童的歌謠，只因為「固無害」而「無謂」——沒有用處，這實在是絆倒許多古今人的一個石頭。童謠用在教育上只要無害便好，至於在學術研究上，那就是有害的也很重要了。序裡說仿作小兒語，「如其鄙俚，使童子樂聞而易曉焉，」卻頗有見地，與現在教育家反對兒童讀「白話淺文」不同，至於書後自謙說，「言各有體，為諸生家言則患其不文，為兒曹家言則患其不俗。余為兒語而文，殊不近體；然刻意求為俗，弗能。」更說得真切。他的詞句其實也頗明顯，不過寄託太深罷了。

《演小兒語》共四十六首，雖說經過改作，但據我看去，有幾首似乎還是「小兒之舊語」，或者刪改的地方很少。今舉出數篇為例。

九

鸜哥樂，簷前掛，
為甚過潼關，
終日不說話。

二五

討小狗，要好的。
我家狗大卻生癡，
不咬賊，只咬雞。

三八

孩兒哭，哭恁痛。
那個打你，我與對命，
寧可打我我不嗔，
你打我兒我怎禁。

四一

老王賣瓜，臘臘巴巴。
不怕擔子重，
只要脊梁硬。

我說這些似是原來的兒歌，本來只是猜想；從文句上推測，又看他解釋得太迂遠了的時候，便覺得其中當含著不少的原有分子，因為如果大經改作，表示意思必定更要曉暢。大約著者想要講那「理義身心之學」，而對於這些兒童詩之美卻無意的起了欣賞，所以抄下原詩而加上附會的教訓，也未可知：我讀那篇書後，覺得這並非全是幻想。

我們現在把那四十六首《演小兒語》，轉錄在北大《歌謠週刊》上面，或者於研究歌謠的人不無用處，並希望直隸河南山西陝西各處的人見了書中的歌，記起本地類似的各種歌謠，隨時錄寄。《演小兒語》雖經過改作，但是上半，至少是最初兩句，都是原語，所以還可以看出原來是什麼歌，如「風來了，雨來了」也在裡面，只是下半改作過了。從這書裡選擇一點作兒童唱歌用，也是好的，只要揀取文詞圓潤自然的，不要用那頭巾氣太重的便好了。

一九二三年四月

讀《童謠大觀》

一

現在研究童謠的人大約可以分作三派，從三個不同的方面著眼。其一是民俗學的，認定歌謠是民族心理的表現，含蓄著許多古代制度儀式的遺跡，我們可以從這裡邊得到考證的資料。其二是教育的，既然知道歌吟是兒童的一種天然的需要，便順應這個要求供給他們整理的適用的材料，能夠收到更好的效果。其三是文藝的，「曉得俗歌裡有許多可以供我們取法的風格與方法」，把那些特別有文學意味的「風詩」選錄出來，「供大家的賞玩，供詩人的吟詠取材」。這三派的觀點盡有不同，方法也迥異——前者是全收的，後二者是選擇的——但是各有用處，又都憑了清明的理性及深厚的趣味去主持評判，所以一樣的可以信賴尊重的。

上邊所說的三派，都是現代對於童謠的態度，但在古時卻有一派的極有勢力的意見，那便是五行志派。《左傳》莊五年杜注云：「童齔之子，未有念慮之感，而會成嬉戲之言，似或有凭者。其言或中或否，博覽之士，能懼思之人，兼而志之，以為鑒戒，以為將來之驗，有益於世教。」《晉書・天文志》又云：「凡五星盈縮失位，其星降於地為人。熒惑降為童兒，歌謠遊戲，吉凶之應隨其眾告。」這兩節話，可以總括這派學說的精義。

雖然因為可「以為鑒戒」的緣故，有好些歌謠得以僥倖的保存在史書裡，但在現代，其理論之不合原是很了然的了。我在民國二年所作的《兒歌之研究》裡，曾有一節說及這個問題，「占驗之童謠實亦兒歌一種，但其屬詞興詠，皆在一時事實，而非自然流露，泛詠物情，學者稱之曰歷史的兒歌。日本中根淑著《歌謠字數考》，於子守歌以外別立童謠一項，其釋曰，『……其歌皆詠當時事實，寄興他物，隱晦其詞，後世之人，鮮能會解。故童謠云者，殆當世有心人之作，流行於世，馴至為童子所歌者耳。』中國童謠，當亦如是。兒歌起源約有二端，或其歌詞為兒童所自造，或本大人所作而兒童歌之者。若古之童謠，即屬於後者，以其有關史實，故得附傳至於今日，不與尋常之歌同就湮沒也。」

童謠並不是熒惑星所編，教給兒童唱的，這件極簡單的事，本來也不值得反覆申說！但是我看見民國十一年出版的《童謠大觀》裡還說著五行志一派的話，所以不禁又想起來了。該書的編輯概要裡說：「童謠隨便從兒童嘴裡唱出，自然能夠應著氣運；所以古來大事變，往往先有一種奇怪的童謠，起始大家莫名其妙，後來方才知道事有先機，竟被他說著了。這不是兒童先見之明，實在是一時間跟著氣運走的東西。現在把近時的各地童謠錄出，有識見的人也許看得出幾分將來的國運，到底是怎樣？」在篇末又引了明末「朱家麵，李家磨」的童謠來作例證，說「後來都一一應了」。

這樣的解說，不能不算是奇事怪事。什麼是先機？什麼是一時間跟著氣運走的東西？真是莫名其妙。雖然不曾明說有熒惑星來口授，但也確已說出「似或有憑者」一類的意思，而且足「以為將來之驗」了。在杜預注《左傳》還不妨這樣說，現代童謠集的序文裡，便決不應有；《推背圖》，《燒餅歌》和「斷夢秘書」之類，未嘗不堆在店頭，但那只應歸入「占卜奇書類」中，卻不能說是「新時代兒童遊戲之一」了。

我對於《童謠大觀》第一表示不滿的，便是這五行志派的意見，因為這不但不能正當理解兒歌的價值，而且更要引老實的讀者入於邪道。

二

《童謠大觀》中共收各縣歌謠四百餘首，謎語六十五則。所錄四十縣排列無序，又各縣之歌亦多隨便抄撮，了無組織，如浙江一二縣既已前出，而象山永康復見卷末，象山的六首又盡是占日月風雨者，這都是編輯粗疏的地方（篇中北方歌謠極少，只是囿於見聞，還不足為病），但是總可算作歌謠的一種長編，足以供我們的參考。

不過這裡有一個疑問，便是這裡邊所收的歌詞，是否都可信賴。別處的我不知道，只就紹興一縣的來檢查一下罷，《大觀》中所收二十篇內，除《狸》，《客人》及《曹阿狗》三首外，其餘均見范嘯風所輯的《越諺》中，注解和用字也都仍范氏之舊。范氏輯此書時，在光緒初年，買圓糖炒豆招集鄰近小兒，請他們唱歌給他聽，所以他所錄的五十幾首都是可信的兒歌，雖然他所用的奇字未免有穿鑿的地方。《曹阿狗》和《客人》未見著錄，《客人》當係「喜鵲叫，媒人到」的一種變體。我所搜集的兒歌中有這一章，與《曹阿狗》同屬於「火熒蟲夜夜紅」一系者。

爹殺豬吊酒，
娘上繃落繡。
買得個漊，
上種紅菱下種藕，
四邊插楊柳，
楊柳底下種蔥韭。

末三句二本幾乎相同，所以這或者可以說是《曹阿狗》的一種略本，但在藝術上卻更占優勝了。

《狸》這一篇並不是現代紹興的兒歌。原文如下：

狸狸斑斑，跳過南山。
南山北斗，獵回界口。
界口北面，二十弓箭！

據《古謠諺》引此歌並《靜志居詩話》中文云：「此余童稚日偕閭巷小兒聯臂踏足而歌者，不詳何義，亦未有驗。」

又《古今風謠》載元至正中燕京童謠云：

腳驢斑斑，腳踏南山。
南山北斗，養活家狗。
家狗磨麵，三十弓箭。

可知此歌自北而南，由元至清，尚在流行，但形式逐漸不同了。紹興現在的確有這樣的一首歌，不過文句大有變更，不說「狸狸斑斑」了。《兒歌之研究》中說：「越中小兒列坐，一人獨立作歌，輪數至末字，中者即起立代之。歌曰：

鐵腳斑斑，斑過南山。
南山里曲，里曲彎彎。
新官上任，舊官請出。

此本抉擇歌（Counting-out rhyme），但已失其意而成為尋常遊戲者。凡競爭遊戲需一人為對手，即以歌抉擇，以末字所中者為定。其歌詞率隱晦難喻，大抵趁韻而成。」所以把這一首「狸狸斑斑」當作現代紹興的兒歌，實在是不妥當的。

照上邊所說的看來，他的材料未嘗不可供我們參考之用，但是因為編輯很是粗疏，所以非先經過一番審慎的釐訂，不能輕易採用。

此外關於印刷上，當然還有許多缺點，如抄寫的疏忽（在兩頁書上脫落了兩處），紙墨的惡劣，在有光紙的石印書原是必備的條件，或者可以不必說了。

我所看了最不愉快的是那繡像式的插畫，這不如沒有倒還清爽些。

說起這樣插畫的起源也很早了，許多小學教科書裡都插著這樣不中不西，毫無生氣的傀儡畫，還有許多的「教育畫」也是如此。這真是好的美育哩！易卜生說，「全或無。」我對於中國的這些教育的插畫也要說同樣的話。《繪圖童謠大觀》於我們或者不無用處，但是看了那樣的紙墨圖畫——即使沒有那篇序文，總之也不是我們所願放在兒童手裡的一本插畫的兒歌集。

一九二三年三月

讀《各省童謠集》

《各省童謠集》第一集，朱天民編，商務印書館發行，本年二月出版，共錄歌謠二〇三首，代表十六省。

中國出版界的習慣，專會趁時風，每遇一種新題目發現，大家還在著手研究的時候，上海灘上卻產出了許多書本，東一部大觀，西一本全書，名目未始不好看，其實多是杜撰雜湊的東西，不必說他的見解，便是其中材料也還不能盡信。

在歌謠搜集這一件事上，當然也逃不出這個公例，我們前回介紹過的《童謠大觀》，即是一例。

《各省童謠集》比那些投機的「有光紙本」要勝一籌了，因為不但印刷更為上等，材料也較為確實，還沒有抄引古書當作現代兒歌的情事，雖然異同繁簡是不能免的。即如五十五頁的《拜菩薩》，據我所知道，末尾還有五句，范嘯風的《越諺》裡也是如此，現在卻沒有，倘若不是編者故意刪去，那必定所錄的是不完全本了（雖然全文與范氏本是一樣的）。

其中還有「松香扇骨」原係扇墜，「竹榻」原是竹踏。因為我不知道紹興向來有松香骨的扇，而田莊船裡也決放不下竹榻。

又五十四頁的《新年》云：

新年來到，糖糕祭灶。
姑娘要花，小子要炮，
老頭子要戴新呢帽，
老婆子要吃大花糕。

我們據文字上判斷起來，當是華北的兒歌，但這裡卻說是浙江奉化；或者在浙東也有同樣歌謠，我不敢妄斷，但總有點懷疑，希望有奉化的朋友來給我們一個解答。

其次，我覺得歌謠上也頗有修改過的痕跡。本來紀錄方言是很困難的事情，在非拼音的漢字裡自當更是困難，然而修改也不能算是正當的辦法。上邊所說《拜菩薩》一首裡，便改了好幾處，如「這樣小官人」原本是「ㄍㄚㄍㄛ小官人」——范氏寫作「概個」，意云這樣的一個童男，經集裡改作國語，口氣上就很不同了。

又七十五頁浙江新昌歌謠云：「明朝給你一個冷飯團」，新昌的事情我不十分明白，但是同屬一府，所以也知道一點，我想新昌大約不用「給」字的，疑係改本。

大凡一種搜集運動初起，大家沒有瞭解他的學術上的意義，只著眼於通俗這一點，常常隨意動筆，胡亂「校訂」，這些事在外國也曾有過，如十八世紀英國伯西主教（Bishop Percy）所編的《古詩遺珍》，即是一例。雖然說這些書或者原為公眾或兒童而編的，未始不可以作為辯解，但在學術的搜集者看來不能不說是缺點，因為他們不能成為完整的材料，只可同《演小兒語》彷彿，供檢查比較的備考罷了。

以上說的是歌謠本身，現在關於注解一方面說幾句話。這第一集二百首歌的後面，都有一條注解，足以見編輯者的苦心，但是其價值很不一律，大略可以分作三類。第一類是應有的，如注釋字義，說明歌唱時的動作等，為讀者所很需要的小注。第二類是不必有的，如題目標明「禿子」，而還要加注「這是嘲笑禿子的意思」，未免重複了。但這還是無害的。

第三類是有不如無的注，看了反要叫人糊塗起來。其中又可分為兩種，其一是望文生義，找出意思；其二是附會穿鑿，加上教訓。至於有幾處咬文嚼字，講他章法如何奇妙，那種貫華堂式的批語，自從悟癡生的《天籟》以來已經數見不鮮，可以不算在裡邊了。

野麻雀，就地滾，
打的丈夫去買粉。
買上粉來她不搽，
打的丈夫去買麻。
買上麻來她不搓，

打的丈夫去買鍋。
買上鍋來她嫌小，
打的丈夫去買棗。
買上棗來她嫌紅，
打的丈夫去買繩。
買上繩來她上吊，
急的丈夫雙腳跳。

這明明是一首滑稽的趁韻歌，不必更加什麼說明，集中卻注云：「形容不賢的婦女，不知道自己不好，對於別人，總不滿意，」不知是從那裡看出來的。

烏鵲叫，客人到。
有得端來哈哈笑，
無得端來嘴唇翹。

注云：「使小孩知道接待賓客，須要十分周到。」

小老鼠，上燈檯。
偷油吃，下不來。
吱吱，叫奶奶，抱下來。
注云：「將老鼠作比，意思要儆戒小兒不可爬得很高。」

鷂兒放得高，
回去吃年糕，
鷂兒放得低，
回去叫爹爹。
注云：「這首歌謠，大約是鼓勵兒童競爭心。」

哴哴哴，騎馬到底塘。
底塘一頭撞，
直落到花龍。

花龍一條堰，
轉過天醫殿。
注云：「鼓勵小兒騎馬，有尚武的精神。」

泥水匠，爛肚腸。
前討老婆後討娘，
還要燒湯洗爺爺。
注云：「這首歌謠都是顛倒話，實在要教小兒知道尊卑的輩分。」

大姑娘，乘風涼；
一乘乘到海中央。
和尚撈起做師娘，
麻篩米篩抽肚腸。
注云：「勸年少女子不可無事出外遊玩。」

我本不預備多引原文去占篇幅，但是因為實在妙語太多，極力節省，還引了七節。大抵「教育家」的頭腦容易填滿格式，成為呆板的，對於一切事物不能自然的看去，必定要牽強的加上一層做作，這種情形在中國議論或著作兒童文學的教育家裡很明白的可以看得出來。他們相信兒歌的片詞隻字裡都含有一種作用，智識與教訓；所以處處用心穿鑿，便處處發見深意出來，於是一本兒童的歌詞成為三百篇的續編了。

我真不解「哏哏哏，騎馬到底塘」何以有尚武的精神，而「泥水匠爛肚腸」會「教小兒知道尊卑的輩分」，如不是太神妙便是太滑稽了。中國家庭舊教育的弊病在於不能理解兒童，以為他們是矮小的成人，同成人一樣的教練，其結果是一大班的「少年老成」——早熟半僵的果子，只適於做遺少的材料。到了現代，改了學校了，那些「少年老成」主義也就侵入裡面去。在那裡依法炮製，便是一首歌謠也還不讓好好的唱，一定要撒上什麼應愛國保種的胡椒末，花樣是時式的，但在那些兒童可是夠受了。

總之這童謠集的材料是可取的，不過用在學術方面，還須加以審慎的別擇；用在兒童方面，則上面所說的注釋都非抹去不可，不然我怕是得不償失的。

集後有吳研因君的一篇序文，據他說是在那裡「醜詆新詩」，頗多奇妙話，本來也想加以批評，但是因為係別一問題，所以在這裡就不多說了。

一九二三年五月

周作人作品精選 11

談龍集【經典新版】

作者： 周作人
發行人：陳曉林
出版所：風雲時代出版股份有限公司
地址：10576台北市民生東路五段178號7樓之3
電話：(02) 2756-0949
傳真：(02) 2765-3799
執行主編：朱墨菲
美術設計：吳宗潔
行銷企劃：林安莉
業務總監：張瑋鳳

初版日期：2021年3月
ISBN：978-986-352-952-1

風雲書網：http://www.eastbooks.com.tw
官方部落格：http://eastbooks.pixnet.net/blog
Facebook：http://www.facebook.com/h7560949
E-mail：h7560949@ms15.hinet.net
劃撥帳號：12043291
戶名：風雲時代出版股份有限公司

風雲發行所：33373桃園市龜山區公西村2鄰復興街304巷96號
電話：(03) 318-1378
傳真：(03) 318-1378
法律顧問：永然法律事務所 李永然律師
北辰著作權事務所 蕭雄淋律師

行政院新聞局局版台業字第3595號 營利事業統一編號22759935

定價：240元

國家圖書館出版品預行編目資料

談龍集 / 周作人著. -- 初版. -- 臺北市：風雲時代出版股份有限公司, 2021.02 面； 公分. -- (周作人作品精選；11)

ISBN 978-986-352-952-1(平裝)

855 109020752